¿Dónde están todos?

¿Dónde están todos?

Alicia Ayora Talavera

www.librosenred.com

Dirección General: Marcelo Perazolo

Obra ganadora de la convocatoria Fondo Ediciones y Coediciones Literarias 2019 del Ayuntamiento de Mérida a través de la Dirección de Cultura.

Primera edición en español - Impresión bajo demanda

© LibrosEnRed, 2020
Una marca registrada de Amertown International S.A.

ISBN: 978-1-62915-442-8

Registro Público de Derecho de Autor: 03-2015-052011154100-01, desde 2015

D.R. © Ayuntamiento de Mérida, 2020

Calle 59 Núm. 463 por 52 y 54 Centro

CP 97000, Mérida, Yucatán, México

Para encargar más copias de este libro o conocer otros libros de esta colección visite www.librosenred.com

ACTA DICTAMEN

En la ciudad de Mérida, Yucatán, siendo las catorce horas del día lunes catorce de octubre del año dos mil diecinueve, se reunieron en las oficinas de la Dirección de Cultura del Ayuntamiento de Mérida, ubicada en el predio macado con el número 463 de la Calle 59 cruzamientos con las calles 52 y 54, Colonia Centro, de esta ciudad de Mérida, Yucatán, los C.C. Rubén Reyes Ramírez, Carlos Martín Briceño, Maria Teresa Mezquita Méndez, Nydia Margarita Robleda Moguel, y Celia Esperanza Rosado Avilés, miembros del Comité del Fondo Editorial del Ayuntamiento de Mérida, con la finalidad de emitir el dictamen correspondiente como resultado del análisis de las obras literarias que fueron recibidas de la Convocatoria del Fondo Ediciones y Coediciones Literarias, por lo que proceden a emitir el siguiente:--

LAUDO

Después de un minucioso análisis de los 38 (treinta ocho) trabajos recibidos como respuesta a la Convocatoria del Fondo Ediciones y Coediciones Literarias emitida por el Ayuntamiento de Mérida a través de la Dirección de Cultura, este Comité, apegándose al espíritu de dicha convocatoria, se determina la publicación de las 09 (nueve) obras seleccionadas que se mencionan a continuación:

1. *¿Dónde están todos?* / Novela (*Seudónimo,* Aprilis)
2. *Despedida a una musa y otras despedidas* / Cuento (*Seudónimo,* La dama del lago)
3. *La perra que conoció el mar* / Cuento (*Seudónimo,* Ojos de perro azul*)*
4. *Antología de aventuras y una que otra muerte* / Cuento (*Seudónimo,* Cleopatra)
5. *Sabotaje de la Ch más otros dos poemarios neoquevedianos* / Poesía (*Seudónimo,* El cura y el barbero)
6. *Como aprendí a volar* / Novela infantil (*Seudónimo,* Glücksdrache)
7. *Como un sonoro arroyito. Textos periodísticos sobre cultura yucateca* / Periodismo cultural (*Seudónimo,* Uno de tantos)
8. *Crónicas del arte, la creación e identidad yucatanenses* / Crónica (*Seudónimo,* Noé del Corral)
9. *Prius est esse quam taliter ese, La disputa por el descanso dominical en Yucatán* / Ensayo (*Seudónimo,* Capitaine Nemo)

Las obras seleccionadas presentan una estructura sólida y coherente, así como un uso de lenguaje adecuado, ortografía y estructura de redacción correctas. En todas ellas encontramos rasgos de originalidad y, en su conjunto, abarcando los distintos géneros, este jurado considera que las nueve obras seleccionadas son un buen ejemplo del estado de la producción literaria en Yucatán y cumplen con los requisitos de calidad para considerar su publicación y en consecuencia ser las seleccionadas de esta convocatoria.

En mérito del dictamen de antecedentes, es procedente hacer la apertura de las plicas ganadoras contenidas en el presente dictamen en los términos de la Convocatoria del Fondo Ediciones y Coediciones literarias, por lo que no habiendo más asuntos que tratar, se da por terminada la presente actuación, siendo las catorce horas con treinta minutos del propio día, mes y año, firmando de común acuerdo los integrantes del Comité del Fondo Editorial del Ayuntamiento de Mérida para todos los efectos legales conducentes.

NOMBRE Y FIRMAS DE LOS INTEGRANTES DEL COMITÉ DEL FONDO EDITORIAL DEL
AYUNTAMIENTO DE MÉRIDA

C. RUBEN REYES RAMÍREZ

C. CARLOS MARTÍN BRICEÑO

C. MARIA TERESA MEZQUITA MÉNDEZ

C. NYDIA MARGARITA ROBLEDA MOGUEL

CELIA ESPERANZA ROSADO AVILES

Si de encontrar sentido se trata, mis tragedias han sido leves. ¿Será que tanta suerte fue arrancada a la de otros? ¡Cómo saberlo! Ahora sé que arrebatar el sentido a la vida es peor que hacerlo con la vida misma. Tu voz está en mis pellejos, en mi sangre, en mi cabeza transformándose en imágenes mezcladas de oscuridad y luz que trato de pintar en estas hojas con mis propias palabras preguntándome: ¿Dónde están todos?

EL INICIO

Traté de dormir en el ruidoso camión de segunda clase, con mi hija en el regazo. Las voces indistinguibles de los pasajeros y el ajetreo dentro del autobús mientras la gente se acomodaba, golpeaban mis oídos entumecidos; me pareció sentir algunas miradas encima cuando subí desesperada con Lucy en brazos, buscando un lugar para sentarme, en realidad para esconderme y ser tragada por la tierra.

Ya en camino, los ronquidos profundos de mi vecino en la otra fila de asientos rompían el ruido constante del motor del autobús y el silencio de los demás pasajeros que dormían. El viaje de tres horas pareció interminable, pero al menos mi cabeza pudo estar en pausa. Recordar es mi peor hábito: arruina mi capacidad de imaginar que la vida pueda ser mejor.

Lucy logró dormirse una hora después de abordar el autobús, tuvo un par de horas de paz, las que no ha tenido a falta de un lugar seguro donde estar. Las imágenes de las últimas horas en casa venían a mi cabeza al menor descuido, también la idea recurrente de matarme.

Nos bajamos unos kilómetros después del aeropuerto, sobre la avenida principal al sur de la ciudad de Mérida, llena de comercios e industrias, en la zona periférica que une varias colonias.

Después de las once de la noche ya no hay transporte urbano, sentí miedo al bajar del autobús y estar sola con la niña en la calle vacía e inundada por una larga lluvia, la escasa luz que alcanzaban a dar las lámparas del alumbrado público, motores lejanos y la llovizna persistente que había ahuyentado hasta a las prostitutas. Caminé hacia la banca del paradero sin poder sentarme, miré alrededor no sé si en busca de un alma o deseando que no aparezca nadie, a estas alturas de mi vida no sé si le temo más a la soledad o a la gente. Recé por la aparición de un taxi que nos lleve al hospital donde Sandra, la psicóloga del módulo de violencia, esperaba por nosotras.

A ciento doce kilómetros de mi pueblo donde viví gran parte de mi vida, sentí alivio, pero también un enorme temor a no saber qué nos esperaba. El taxi apareció justo cuando dejé caer mi cuerpo como costal de piedras sobre la banca, me dolía la espalda por mis riñones atrofiados y las ganas de vomitar aumentaban por estar varios días sin comer.

—Al hospital O'Horán, por favor —le dije.

Una vez cerca pude ver que Sandra nos esperaba en la puerta.

—Puede dejarnos en la entrada principal, por favor, ¿cuánto le debo? —pregunté al taxista.

—Son veinte pesos.

Al salir de la casa había puesto dos billetes de quinientos pesos en una bolsa de plástico, junto con algunos documentos, pero no estaban ya entre mis cosas. Me di cuenta de que los perdí en algún momento del camino. Busqué desesperada, el corazón se me salía del pecho.

—Creo que dejé mi dinero en el autobús, dije casi en susurro.

Me temblaba la voz, esperaba un regaño o un grito de parte del taxista. Comencé a contar desesperada las monedas sueltas en la bolsa. Supongo se dio cuenta de mi angustia.

—¿La llevo de regreso a la terminal para ver si encuentra su dinero? ¿Cuánto tiene con las monedas?

—Sólo tengo quince pesos, —dije a punto de llorar.

—Démelos, así está bien.

Nos bajamos del taxi y avanzamos unos metros hasta donde estaba Sandra que me tocó el hombro; me sentí a salvo.

—¿Cómo están? ¿Te sientes bien? —Sólo pude responder negando con un movimiento de cabeza. Los párpados me pesaban al igual que la boca para hablar.

—En un momento debe de llegar la persona del refugio que viene por ti, es la coordinadora.

Dentro de su oficina empecé a llorar, perdí las fuerzas de las piernas, el temblor de mi cuerpo no se hizo esperar y los dedos de mis manos comenzaron a enroscarse involuntariamente. Lucy se separó de mi lado para agacharse en el rincón; nos miraba llorosa y asustada mientras Sandra me consolaba con un masaje en los dedos, repitiendo con serenidad que tratara de calmarme.

Unos minutos después llegó la coordinadora y Sandra salió un momento a comprarnos algo de cenar. Lucy comió un poco mientras me explicaban que iríamos al refugio, ahí estaría más tranquila y segura, tendría atención médica y psicológica, comida y ropa. Escuchaba todo pensando que el temor de ir a un lugar desconocido y recibir reprimendas por cualquier cosa era más grande que la tranquilidad de todo aquello que me estaban ofreciendo.

Nos fuimos del hospital en una Suburban. Recosté a Lucy en el asiento, podía sentir a la coordinadora mirarnos por el espejo retrovisor, tratando de hacernos plática durante el trayecto.

—¿Se durmió tu bebé? —preguntó.

—Supongo que no han cenado —insistió ante mi silencio.

—Las otras usuarias del refugio prepararon una cena para ustedes, hay niños con quienes va a jugar tu hija. Después de cenar, se bañan y acuestan a descansar. Mañana conocerás a las demás mujeres y a quienes trabajamos ahí. Somos muchas —terminó por decir.

Somos muchas. Somos muchas. Durante el trayecto estas dos palabras revolotearon en mi cabeza. Pasada la media noche llegamos al refugio, nos recibieron dos personas que luego supe eran la señora del resguardo y la trabajadora social.

Me senté frente a un escritorio lleno de papeles en la oficina. El temblor de mi cuerpo volvió —esta vez sin lágrimas— cuando me entregaron un papel con el reglamento del lugar. Más reglas. Sólo pude pasar la vista sobre la hoja, no tenía el menor ánimo de leer, lo único que deseaba en ese momento era una pastilla para dormir y no despertar nunca.

El miedo de fallar en algo y recibir un castigo es algo con lo que no puedo romper; crecí con el temor de decir cualquier cosa. Este mundo es sordo, nadie parece escuchar y todos tienen la misma respuesta automática incrustada en la lengua: siempre un juicio, un pecado, una falta, un diagnóstico. Sin levantar la cabeza respondí como pude a todas las preguntas del formulario. Mi vida hasta ese día continuaba condicionada para tener techo y comida.

—Es parte del reglamento no llevar celular, por la seguridad de las otras personas que habitan el refugio —me explicaron cuando entregué las cosas que traía conmigo y el aparato. Firmé la carta de conformidad sin la voluntad de leer o responder nada. Como es costumbre, sólo obedecí.

Había otras medidas para la seguridad física y emocional de las mujeres y sus hijos que —como yo— llegaban al refugio. Conocí las historias de mis compañeras durante los meses que estuve ahí. Conviví con mujeres esposas de campesinos y con esposas de gente con cierto poder e influencias políticas. De una u otra forma nos enterábamos de las amenazas que recibían nuestras familias por parte de los maridos o parejas.

Nos asignaron un cuarto, el cual compartimos con Gladys y sus dos hijos que llevaban ahí más de un mes. Ella se levantó cuando entramos y sólo la miré a los ojos con un asentamiento de cabeza para saludarla. Tampoco nos bañamos. Lo único que quería era dormir días seguidos, pero las pesadillas nos impedían tener un sueño profundo. La cama matrimonial se hizo enorme para ambas, reducidas a dos pequeños bultos fundidos en un abrazo. El dolor encoje.

Lucy comenzó a llorar por las pesadillas y Gladys dejó clara su incomodidad con algunos suspiros. Estábamos interrumpiendo el sueño tranquilo de sus hijos que después de un par de semanas podían dormir sin las pesadillas de sus propias historias.

A las siete de la mañana ya estaba despierta, sólo conseguí dormir unas horas y por partes. Escuché ruidos fuera del cuarto y preferí esperar a que Gladys se levantara para saber qué hacer. Lucy dormía profundamente.

Con el paso de los días me acostumbré al ruido de abrir y cerrar de puertas, llantos de bebés, voces de mujeres y niños, al olor de aceite hirviendo listo para freír los desayunos, platos y vasos chocando mientras eran acomodados en la mesa, al canto de los pájaros en el pequeño jardín que daba justo a la ventana de nuestro cuarto, así como al ruido de coches, camiones y motocicletas que cruzan sin parar frente a la casa situada en una zona urbana.

Daba la apariencia de un hogar común y corriente para todo aquel que cruzara por la puerta; sin embargo, para quienes estábamos dentro era un lugar secreto. Un lugar desconocido en donde, a pesar de la amabilidad del personal, la tranquilidad de tener un espacio para dormir, bañarse y recibir atención médica, generaba un clima de desconfianza.

Algunas mujeres estaban más habituadas al lugar, las más antiguas. Ellas se movían seguras, a veces sonrientes, otras angustiadas o molestas. Yo caminaba como fantasma por los pasillos, sin hablar con nadie, agarrada de la mano de Lucy que no me soltaba un segundo. Muchas de nosotras llorábamos en las recurrentes noches de insomnio o cuando despertábamos de las pesadillas, producto de los recuerdos.

LUNA LLENA

A las tres de la mañana, papá sacudía bruscamente mi hamaca mientras gritaba: *¡Prepárense!* Todas las madrugadas durante las vacaciones escolares nos levantaba de la misma forma a mamá y a mí para ir a la milpa situada a diez kilómetros de casa.

En periodo de clases las faenas eran distintas: la escuela era de ocho a una de la tarde; un día sí y otro no trabajaba en la milpa chica, a sólo un kilómetro de casa, a la que fácilmente se llegaba a pie. Las épocas de clase siempre fueron mejores, así al menos podía descansar cuando me sentaba en las sillas de la escuela.

Esperaba con ansia los lunes de honores a la bandera. Antes de sonar el timbre para formar las filas, mi mano se peleaba entre las otras para agarrar el micrófono y repetir con enjundia el juramento a la bandera y después entonar el Himno Nacional *¡Mexicanos al grito de gueeeeeerra!* En ese entonces cantaba fuerte y sin vergüenza, me emocionaba hasta que me dolía el pecho. Mi garganta se tensaba con la potencia de mis gritos; no me importaban las burlas por ser la única vestida de hipil entre los demás uniformados.

Disfrutaba mucho ir a la escuela.

Luz, mi hermana mayor, se quedaba en casa a hacer la comida y a cuidar a Matías y a Pedro. Pasó mucho tiempo para que me atreviera a preguntar por qué mamá y yo éramos quienes íbamos a la milpa y Luz no. Me daba miedo que esta duda fuera a ser respondida con una bofetada o un regaño. La única explicación lógica en ese momento y hasta hoy ha sido la misma: el parecido de ella con papá, el color claro de su piel; yo soy morena como mi madre. Este detalle la convertía en su preferida, la ventaja de ser tratada diferente, tener mejores cosas, comprarle ropas, gargantillas de oro ¡lo que la niña pida! Además, no recibía los golpes e insultos que me propinaban a mí. Era imposible no sentir rabia y celos.

—¿Por qué ella se queda a cocinar, si también yo puedo? Nada más hace frijoles y tortillas —le pregunté a mamá, sintiendo cómo el miedo circulaba a toda velocidad por mi sangre.

Papá no dejó que mamá contestara. Sentado en el banquillo de la casa, se tomó la molestia de explicarme por única vez lo que temía tanto preguntar.

—Cuando la tripa del recién nacido se seca y desprende de la piel, hay que tirarla en el lugar donde la criatura va a desempeñarse, según lo que se desea para los hijos. Si es conveniente y por ser mujer deba dedicarse al hogar, la tiras sobre la paja del techo de casa. Si se desea que estudie, la tiras en la escuela y si la arrojas en el monte será una persona del campo.

Yo escuchaba con atención mientras mamá hacía las tortillas a mano.

—Tiré la tuya en el monte —dijo en voz alta, mirándome a los ojos—. Porque naciste en luna llena como los hombres de campo, tendrás la voz ronca, la garganta ancha y la fuerza de uno de ellos, así que no hay nada de malo si usas pantalones y camisas. ¡No eres una mujer completa, eres mitad hombre y mitad mujer! ¡Hasta puedes ponerte mi ropa!, —terminó diciendo esto burlonamente y soltó una carcajada.

La vergüenza me subió del pecho a la cara, salí corriendo para no escuchar más, me detuve a llorar tras la mata de naranja agria, aún sin entender a qué se refería con todo eso. ¿Sería cierto? ¿A quién preguntar sin que me regañen?

El terreno donde vivía fue dividido en tres partes: una para cada uno de los hijos de mi abuelo paterno. Así que en esa misma tierra vivíamos tres familias separadas por líneas imaginarias y algunos árboles frutales. Entre las casas de mis dos tíos y la nuestra había sólo algunos metros de distancia; compartíamos el mismo baño, el fondo del terreno, así que entre los niños era común ir a cagar juntos o encontrarnos en el patio.

—¿Cómo te salió tu pitón?, —pregunté a mi primo Santos de diez años, después de seguirle cuando fue a vaciar el estómago.

—¿Por qué?

—Papá me dijo que soy hombre, pero no tengo uno como tú.

—Si pongo éste en donde está el tuyo —respondió señalando su pene— se convierte en uno igual, así puedes enseñarle a tu papá que sí eres como yo, dijo sonriente.

Avergonzada abrí los ojos ante la sorpresa de su respuesta, si mi piel fuera blanca hubiera sido obvio el color rojo que subió por mis mejillas.

A pesar de mis ocho años algo había escuchado sobre lo pecaminoso de poner juntas esas dos cosas. Santos, al ver mi cara de susto, mejor corrió a su casa; de inmediato atravesó por mi cabeza la consecuencia de la pregunta, si a Santos se le ocurriera mencionar algo de ello a su mamá. Así que corrí tras él hasta alcanzarlo, jalándole de la camiseta para detenerlo. Enojado me preguntó qué quería, le supliqué que no dijera nada a su mamá con tal de evitar una tunda con el doloroso bejuco.

El comentario de papá sembró por varios años la duda de ser hombre y no mujer, como yo creía. Empecé a relacionar desde su trato hacia mí hasta los cambios de mi cuerpo con aquel comentario cruel. Por meses traté de ocultar mis pechos cuando empezaron a crecer. Él me obligaba a usar una gorra con el pelo recogido y sus camisas y pantalones cortados como vestimenta de trabajo.

Desde ese día, en cada baño, revisaba mi cuerpo para asegurarme de lo dicho por papá. Pasé meses esperando el momento de empezar a convertirme físicamente en hombre y, por suerte, jamás colgó nada.

Durante las labores en la milpa era cuando aquella duda constante ocupaba toda mi cabeza: pensaba en que, si mi ombligo había sido lanzado al campo, trabajar ahí requeriría de fuerza y que casi todas las personas que veía camino a la milpa eran hombres. ¿Qué podía esperar?

En la privacidad del monte, el sonido del extractor de miel era señal para alejarme un rato de papá, que se centraba en esa parte del trabajo; escondida en la maleza bajaba mi ropa para poder revisar si el par de testículos y un pene colgaban ya entre mis piernas. No entendía la razón de la insistencia de papá en repetirme que yo era un varón. "Para poder cargar los tambores de miel y los tercios de leña", me repetía mentalmente:

—¡Soy hombre! ¡Soy hombre, por eso estoy en el campo, los hombres están en el campo!

Papá hizo todo lo posible por pisar mi dignidad de mujer, tratando de ocultarme bajo el disfraz masculino, de hacerme sentir y ser algo que no era. Aún hoy, más de tres lustros después, no encuentro la explicación a su necesidad de renegar de mi sexo.

Por años, en mi niñez, anhelé un vestido o un terno bordado con muchos colores al ver a mi hermana con ellos, pero nunca los tuve. Después de disfrazarme de hombre por tanto tiempo, acabé por adquirir el hábito de la ropa ancha, pantalones y blusas holgadas. Cuando pude comprarme un vestido, frente al espejo me metí en él para descubrir que aquella persona no era yo. Me lo quité de inmediato para jamás ponerme uno de nuevo.

El xooch

Pasadas las doce del mediodía, papá daba aviso para hacer un descanso y sentarnos a comer el pozole o tortillas con pepinos, tomate machacado y chile, preparado desde la noche anterior a las faenas de la milpa. Mamá y yo poníamos la leña entre las tres piedras que sostienen el comal y después de prenderle fuego, uno por uno escogía un lugar para sentarse. Nunca hablábamos de nada, las comidas eran en silencio, cada uno sumergido en su cabeza, devorando las tortillas calientes recién hechas por mamá.

Era un breve descanso después de la jornada; desde las tres de la mañana, pedaleando diez kilómetros para llegar a la milpa, chapear, bajar frijol nuevo, leñar, sacar miel, recoger calabazas maduras y quitar las pepitas, separar una parte para la futura siembra y la otra para la venta, junto con el espelón atado con un hilo en montones de sesenta en sesenta.

Al terminar, nosotras nos quedábamos a bajar el frijol, mientras papá se alejaba con la escopeta para cazar un venado. Cuando tenía suerte, con toda facilidad le quebraba las articulaciones al animal, doblándolo por las extremidades hasta reducirlo a un bulto que pudiera caber en el manubrio de la bicicleta. Papá montaba el vehículo y me sentaba en el tubo delantero, mamá iba en la parrilla trasera y con todos esos kilos iniciábamos el ansiado regreso.

Un enorme hueco estaba cavado en el patio de la casa para cocinar algunos animales, por eso sólo llegábamos a prender la leña. Mientras se calentaban las piedras y el carbón quedaba al rojo vivo, los pelos de la piel del venado los quemaban con un pedazo de huano.* Disfrutaba ver cómo el afilado cuchillo cortaba al animal entero, desde la garganta hasta el culo para sacarle las tripas, lavarlas y preparar el buut'.* Esa era mi parte favorita, a pesar de la sangre y el golpe de olor fétido que me hacía retroceder unos pasos para llenar de aire los pulmones y ayudar a embadurnar con sal el interior del venado.

Jugaba a retener el aire hasta casi desmayarme, sacarlo por poquitos hasta dejar vacíos los pulmones y respirar con la boca muy despacio, usando mi ropa como un filtro para no sentir el olor nauseabundo de las tripas.

Por la noche, Luz ya había preparado la cena, frijol k'abax* con tomate asado machacado y tortillas hechas a mano. Era común ver malas caras en todos al terminar de cenar, y en ese silencio rutinario incómodo, esperaba mi turno para bañarme siempre de último.

Además de todo el trabajo en la milpa, mamá se sentaba a bordar ternos con soles y renacimientos multicolores encargados por la vecina, mientras el agua de nuestro baño se calentaba lo suficiente en la candela para evitar que se nos descomponga la sangre y no poder parir ni mamá más hijos ni yo los míos.

Terminábamos casi al mismo tiempo para irnos a dormir después de cerrar la puerta con la tranca. Al final del día, agotada, lo único que quería era acostarme y mecerme en mi hamaca para descansar.

Con todos sus defectos, debo reconocer que papá tenía profundo conocimiento del monte. Se guiaba del sol y la luna para hacer buen uso del tiempo, de las cosechas, la tierra, las lluvias y el viento. Los días que no había caza, el regreso era hasta la noche, sin lámpara de mano ni reloj. Volvíamos a oscuras, a veces sólo con la luz de la luna, y las noches que ésta no asomaba papá colocaba en su cabeza la lámpara de frente para alumbrar el camino.

Mi recuerdo es tan fresco de cuando iba sentada en el tubo delantero de la bicicleta con los ojos muy abiertos y mi corazón acelerado ante el miedo de ver al puújuy* parado en el camino, justo frente a nosotros, sin levantar el vuelo hasta tenernos tan cerca como para atropellarlo. El pájaro clavaba la mirada soltando su grito amenazante al momento de levantar el vuelo; yo cerraba los ojos cubriéndolos con una mano por aquello de sentir que iría directo a picármelos.

No me hubiera gustado ir en la parrilla trasera de noche. No soportaba voltear hacia atrás y ver la temida oscuridad; aun abriendo lo más que podía los ojos, no alcanzaba a ver nada más que el cruce de las luciérnagas. Cada viaje de regreso, con la noche encima, venía acompañado del temor a escuchar el grito de *xooch** presagiando la muerte de alguien, posiblemente de alguno de nosotros tres.

Ese pájaro de mal agüero vino por mí cuando tenía seis años. Llevaba más de dos días con vómitos y diarrea, que me dejaron con los ojos hundidos y los pellejos pegados al hueso. Pensaron que iba a morir como Antonia, mi hermanita, quien se fue de un catarro y muchas calenturas por una neumonía mal cuidada, también a los seis años.

Entre la debilidad y el malestar de la fiebre, di un largo viaje en bicicleta con papá hasta el pueblo vecino en busca de un doctor. Estaba tan débil que no pude montarme sola en la parrilla de la bicicleta, él tuvo que cargarme y colocarme en ella. Mi mayor esfuerzo fue mantenerme asida a su cuerpo con mis escuálidos brazos, de ida y vuelta. Viajé con los ojos cerrados, aparragada sobre su espalda, abriendo por momentos el ojo libre para ubicarme después de avanzar por un buen rato el camino largo y pedregoso que tomó papá dentro del monte para acortar la distancia entre ambos pueblos; me vencía el sueño por segundos y la sensación de caída al vacío me traía de regreso para volver a apretar mis brazos alrededor de su cintura.

Después de tan largo y tortuoso viaje para llegar, en menos de diez minutos ya andábamos de vuelta, el doctor me hizo sacar la lengua, me apretó las tripas, hizo algunas preguntas a papá y nos despachó del consultorio con una cajita de pastillas.

Esa misma noche después del cansado viaje, el *xooch* se paró en el cedro de casa lanzando sus gritos, todos nos volteamos a ver. En los ojos de mamá estaba el miedo al viejo augurio, buscó la mirada de papá en señal de ayuda; él, con mala cara, se levantó por la escopeta y esperó al siguiente grito para ubicar al pájaro blanco bajo la luz de la noche. Estaba en el cedro cuando fue sorprendido por un plomazo que regó sus plumas blancas sobre la paja del techo de casa. Supongo que el grito del *xooch*, aviso de muerte, en esta ocasión auguró la suya.

El número tres

El temor nos vuelve torpes, lentos. Así viví mi infancia en la milpa pues con papá no había la posibilidad de enmendar errores, el más mínimo era castigado bestialmente. La vida se fue haciendo una cadena de torpezas: de las básicas por falta de habilidad de una niña de ocho años, a la carencia de aptitudes para el trabajo. Era lenta por el miedo al regaño y cometía errores por el temor a los golpes.

—¡Ay, Dios, se va a dar cuenta papá!

Un pinchazo en la boca del estómago llegó en un segundo al ver una plantita desprendida. Corté su tallo en un descuido y asustada la volví a sembrar junto a su raíz, pero fue inevitable ocultarlo: a los diez minutos, la mata muerta descansaba flácida sobre la tierra ante el calor del sol terrible de mayo.

Papá llegó después, alcancé a ver junto a la planta muerta sus pies rajados de campesino, manchados, al igual que sus alpargatas, de *kankab.** Se paró con los pies separados, de forma intimidante. Estaba inmóvil y antes de que subiera la vista, a él ya le salían de la boca los primeros insultos. En cuclillas —aún estaba chapeando y sin atreverme a mirarlo porque estaba prohibido durante el regaño— sólo alcancé a ver el bejuco en su mano bajando velozmente hacia mi espalda que recibió tres duros azotes. El bejuco entró bajo mi axila derecha las tres veces al tratar de cubrir con mis manos la cabeza, rasgando mi delgada piel de niña. Como casi siempre, mamá sólo miraba.

Creo que en ese entonces no cuestionaba el maltrato de parte de papá. Lo veía venir, caer sobre mí, lloraba el dolor físico de sus golpes, sentía un nudo en el pecho y una tristeza que me abrazaba. Sin embargo, cualquier momento de alegría por más corto que fuera aún me podía distraer y hacerme feliz, hasta que llegó el momento de caer en cuenta de cómo había sido y seguían siendo las cosas. No sé si el dolor se acumula y revienta, pero en algún momento pareció encenderse una luz y me encontré sumergida en un mar de dolor.

La tunda por cortar la matita no fue tan terrible como el castigo cuando perdí la coa; en esa ocasión fui con Matías a cortar zacate para el ganado. Ir solos era divertido, horas de trabajo en las que podíamos aprovechar para jugar y platicar sin ser vigilados. Llegamos corriendo a la orilla de la carretera donde crece la hierba; cortamos pequeños montones de zacate para luego juntar todo y amarrarlo con una soga mientras platicábamos de las tareas, de lo que hizo el maestro, de mis amigas. Nos dábamos un pequeño descanso para poder comer las naranjas que bajamos de las matas, cuyos gajos sobresalían por encima de las albarradas.

El camino era muy lóbrego, así que en alguno de los montones dejé la coa asentada y después de haber amarrado todo ya no la encontramos. Buscamos desesperados por todos lados alrededor sin hallarla.

—¡Ay, Aracely, te van a pegar! ¡El *Chak Nook** vino con nosotros! —lloriqueó Matías.

De regreso a casa, la angustia se reflejaba en nuestras caras. Lo único que tenía en la cabeza era inventar alguna mentira —en vano— de cualquier forma papá nunca lo creería. También pensé en el terrible castigo, si después de cortar la mata de espelón me pegó con todas sus ganas por perder la coa, no quería imaginar lo que venía.

Llegando a casa tuve que confesar, Matías salió despavorido por temor a que le tocara la paliza. Papá se levantó de su hamaca insultando con la cara roja de rabia, agarró el bejuco que siempre nos espera colgado en la cocina y de nuevo asestó en mi espalda tres azotes; esa fue la primera parte del castigo. Por la tarde fuimos a la milpa chica con mamá y Matías.

—Todo eso que ves es tu tarea, —dijo señalando lo que me tocaba chapear.

—No tengo coa, dije temerosa.

—No me importa, ¡para qué la pierdes!, —contestó.

Tuve que hacer todo con las manos. Fue imposible arrancar las raíces duras de las matas de *ja'abin** y del *subin*-che'.* Sin saber qué hacer, me senté sobre las piedras a llorar esperando al demonio para castigarme.

—¿Por qué no avanzaste en el chapeo?, —gritó.

—No puedo, me duelen las manos, —le dije lagrimando de miedo.

—¡Chingada madre! ¡Agarra una bolsa de plástico, un pedazo de papel, cualquier cosa y lo haces!

Lo único que encontré fue una bolsa de plástico; enrollada en mi mano derecha traté de arrancar las hierbas, aun así era imposible, sentía los pinchazos como si no estuviera cubierta con nada. Regresé a decirle.

Su rostro reflejaba victoria, desprecio y el placer de hacerme sufrir. Con la mirada en el suelo, lloré y le dije que no podía con los espinos. No tuve chance de meter las manos para protegerme la cara, sólo alcancé a sentir la bofetada.

Eso no fue todo, la tercera parte del castigo terminó en el regreso. Entrada la noche, ellos volvieron en las bicicletas, yo tuve que volver a pie, sola y sin zapatos.

Desde ese día todas las mañanas, antes de salir de casa para iniciar la jornada en la milpa, rezaba pidiendo a Dios que el demonio de papá no regresara de cazar, que algún animal se lo devorara, una culebra lo picara, una lluvia fuerte o algo lo despareciera.

CHÁAK

Los tres primeros años de la primaria los cursé en Kankal, la comisaría donde nací. Hasta hoy, es tierra de campesinos ubicada a pocos kilómetros del municipio de Texkal, el pueblo principal.

Es costumbre que los hombres estén en la calle desde las cuatro o cinco de la mañana, camino al campo, con sus herramientas amarradas en la parrilla de sus bicicletas.

La gente vivía principalmente del campo, como nosotros que cada tres meses cosechábamos algo. El zacate que crece por doquier era el alimento del ganado, la vegetación espesa y diversa era suficiente para que las abejas llenaran las colmenas.

Se es pobre porque faltan manos para labrar la tierra que se pisa, decía mi abuelo; ahora sobran manos, pero ya no hay tierra, pertenece a unos cuantos, los que pudieron hacerse bien o mal de ellas.

Papá tuvo las suyas, no puedo asegurar si bien o mal habidas. Lo que sí sé es que fue ejemplo de trabajo y también de avaricia. Era absurdo saber todo lo que poseía y que fuera tan miserable con nosotros, con sus hijos, su esposa, su familia. No por alimentarnos del frijol y maíz cosechado o las pocas veces de carne, sino por el trato miserable y la falta de apoyo para ropa y zapatos.

La fiesta tradicional del *waaji kool** se celebra en agosto, así se agradece por las cosechas y se solicita lluvia para la nueva siembra. Con unas semanas de anticipación se reúnen los campesinos y acuerdan los preparativos de la celebración. Ahí deciden en la milpa de quién pondrán el altar; dividen las cosas que se necesitan, asignan tareas y todo lo necesario para ese ritual practicado sólo por hombres.

En una ocasión estuve presente, era la única niña; los campesinos eran muchos más que en años anteriores. Decidieron llevar a algunas de sus mujeres para ayudarles en la preelaboración del *chok'ob*,* realizar aquellas tareas que no interrumpieran el ritual, según sus creencias, y después hacerlas a un lado.

Luego de ayudarles con algunos preparativos de la comida, las mujeres que estuvimos ahí dejamos de existir, nos mandaron a sentar lejos del altar y del grupo de los hombres.

Hablaban en voz alta, casi a gritos, peleándose la palabra cuando de burlas se trataba. Yo estuve atenta a lo que hacían y decían. Ahí escuché por vez primera que el mundo cayó en pecado por culpa de las mujeres, desde entonces sólo los hombres podían hacer el rezo, preparar el altar y el *chok'ob*. El hijo de uno de ellos —tendría quince o dieciséis años— preguntó durante la preparación del altar por qué todo ese trabajo era tarea de hombres.

—Las mujeres tienen mala suerte.

—Interrumpen la adoración a Cháak,* con ellas los pibes no se cuecen.

—Y lo peor es que la lluvia no llega, —se peleaban unos con otros la palabra.

Aunque las mujeres adultas parecían estar enfrascadas en sus propias conversaciones en voz baja, al escuchar tales afirmaciones se hizo un silencio absoluto entre nosotras. Fue el silencio de vergüenza por nuestro pecado. Entre aquel grupo de mujeres, ninguna tenía nada que reclamar.

—¡Ave María Purísima!, —dijo el rezador interrumpiendo el alboroto.

—¡Sin pecado concebida!, —respondieron a coro todos ellos.

Nosotras rezamos moviendo los labios para no ser escuchadas al no poder participar. El rezador recogió del piso las latas de incienso asfixiante y en una oración giró alrededor del altar nueve veces solicitando a Cháak lluvia para las cosechas.

La ceremonia duró diez minutos. Se tardaba más en preparar todo el protocolo que el tiempo de duración del rezo. El festejo se prolongó entre carcajadas y bromas, mientras disfrutaban atole calientito, hablando descaradamente de sus intimidades y del papel de las mujeres. Alardeaban convencidos de ser quienes mandan sobre ellas, que estaban obligadas a atenderles; justificaban el sexo como el acto exclusivo para procrear, sin embargo, con sarcasmo se referían a los embarazos no deseados que se daban cuando la cuarentena aún no había concluido.

En voz alta, entre gritos, risotadas burlonas e insultos, compartían sus vidas matrimoniales. Hablar de sus costumbres sexuales con las esposas: si eran buenas para la hamaca o no, parecía ser lo mismo que hablar de la última siembra de maíz. Cuando me casé pude entender que de esas pláticas ofensivas surgían los celos entre ellos y el tormento que sufrían las esposas con las injurias y falsos que les levantaban cuando ellas se negaban a hacer lo que las otras mujeres hacían. Con los años fue claro saber por qué papá obligaba a mamá a hacer lo que los otros hacían a sus esposas, y que al negarse le reprochaba no servir ni para el sexo, razón por la que tenía que encontrar esa satisfacción con otras mujeres. Al mismo tiempo, la culpaba de engañarlo con otros hombres, con quienes *se revolcaba a sus espaldas hasta quedar satisfecha, y por eso no quería hacerlo con él.*

Unas semanas después de aquel rezo durante el cual escuché por primera vez los comentarios denigrantes sobre nosotras —aunque en ese momento ni siquiera me ofendieron porque los daba por un hecho— cayó con tanta furia la lluvia solicitada a Cháak, que acabó con la cosecha, las colmenas se inundaron, se perdió el maíz, frijol, las calabazas. Fue imposible rescatar algo.

Habían roto la tradición, llevaron mujeres que trajeron la mala suerte.

No me importó haber trabajado como mula en vano, no puedo negar que esa desgracia pintó una sonrisa de burla en mi cara.

...Y POR PAN SÍ SE LO DAN
(CON DINERO BAILA EL PERRO)

Fue para 1998 cuando nos mudamos por tres meses a la comisaría de San Dimas que, en ese entonces, tenía menos de veinte casas; no había más de cien habitantes. Era una comunidad muy pequeña sin tienda ni molino, como en mi pueblo, también con pocos habitantes. Ahí cada familia molía su propio nixtamal para hacer la masa de sus tortillas. Por la lejanía y difícil acceso a Texkal, la gente prefería esperar cada miércoles la llegada del camión rojo. El chofer, su dueño, un abusado comerciante de comida chatarra, cargaba con una variada despensa para vender a la gente de la comisaría, que vivía principalmente de sus cosechas de maíz y frijol. Su clientela se arrebataba el pan y comida de bolsa, refrescos de gas y dulces.

Llegamos ahí a finales de agosto, un poco antes de iniciar el nuevo ciclo escolar, mi tercero de primaria. Papá decidió que nos fuéramos para poder sembrar frijol en la milpa de su tío. Dejamos todo en mi pueblo, sólo llevamos nuestros dos trapos de vestir y las hamacas.

Durante tres meses vivimos en la bodega de la casa de su prima que le ofreció para instalarnos. El lugar era un enorme almacén de sus cosechas, separada a unos diez metros de la casa donde vivían ellos. Mi tía tenía diez hijos, mucho mayores que nosotros, con excepción de los dos más pequeños, los gemelos de nueve años, de quienes apenas recuerdo sus caras o haber jugado con ellos. Quizá convivimos una o dos veces en todo el tiempo que estuvimos ahí, no sólo por la prohibición de papá, en realidad nos mantenía tan ocupados que al menos a mí no me alcanzaba el tiempo, entre la milpa y la escuela, para jugar.

A mamá le estaba prohibido cruzar palabra con cualquiera, se la pasaba encerrada en la bodega o conmigo sembrando en la milpa. No hubo convivencia entre nuestras familias, cada uno se la pasaba en sus labores. Papá era el único que socializaba con ellos, más con el esposo de tía. A ambos se les escuchaba conversar muy temprano en la puerta de su casa, construida justo en la orilla de la carretera, cuando aún no amanecía y los grillos y ranas hacían ruido. A esa hora, el olor de algunas candelas que arden desde la noche anterior se puede sentir junto con el de la tierra húmeda de las madrugadas.

En aquella comisaría las calles no estaban pavimentadas y la escuela, parte de un antiguo casco de hacienda con techo de asbesto, se caía en pedazos, al igual que las paredes con ventanas rotas. Las clases eran de siete a once de la mañana, había un total de quince niños dentro del mismo salón y un solo profesor para todos los grados. Divididos por edades —los que teníamos entre nueve y diez años éramos cinco niños— pasaba de grupo en grupo a marcar tareas y explicar el tema correspondiente.

Para papá nunca fue problemático sacarnos en cualquier fecha de la escuela y meternos a otras, eso sí, teníamos que asistir. Juan, mi hermano mayor, fue nuestro ejemplo de lo que papá nos podría hacer si dejábamos las clases. Después de eso, ninguno de los otros contempló arriesgarse a hacer lo mismo.

Ser conocido entre la gente le daba la oportunidad de tener muchas influencias con los maestros, a quienes se ganaba regalando parte de su cacería, fuera venado o pavo de monte, jabalí o tepezcuinte. En muchas ocasiones les organizaba algún festín donde corría la comida que nosotros nunca comíamos y una considerable cantidad de alcohol.

A San Dimas llegaban algunas familias de tzeltales para trabajar en el campo, a pesar de hablar maya y que su acento sonara muy similar al nuestro no nos entendíamos nada, la mayor parte del tiempo nos comunicábamos con señas; teníamos una que otra palabra en común, pero significaban cosas distintas, y también conocíamos cosas comunes, pero las llamábamos diferente.

Los tzeltales iluminaban la vestimenta sobria de la gente en la comisaría, con sus ropas de colores intensos. Sus mujeres llevaban blusas de cuellos bordados de flores coloridas que contrastaban con sus faldas rizadas y largas hasta los tobillos, casi siempre negras. Las mujeres del pueblo usaban hipiles también bordados con flores, pero más pequeñas y de colores pálidos al igual que el encaje de sus fustanes largos, siempre debajo de las rodillas, sin aretes ni maquillaje.

En tercero de primaria comencé a aprender español, Luz me llevaba ventaja, aprendió un poco también en sus primeros años de escuela. Cruzarse en el camino con los tzeltales ya era común, aquellos chiapanecos trataban de aprender español como nosotros.

En ese tiempo Luz tenía catorce años, andaba pizpireta, más cuando salíamos a la calle por algún mandado. En varias ocasiones rumbo a la escuela nos cruzamos con Jonatan, un tzeltal de su misma edad. Nos miraba a ambas, pero el día que se animó a acercarse se dirigió directamente a Luz diciendo la única palabra en español que dominaba *¡Hola!*, mi hermana respondió coqueta lo mismo y seguimos de largo. Mis piernas aceleraron nerviosas el paso, estaba abochornada, como si hubiera cometido un acto vergonzoso. Luz me alcanzó suspirando; unos metros adelante, cuando estábamos lo suficientemente lejos del muchacho, nos lanzamos una sonrisa cómplice.

—Está guapo ¿no?, —preguntó Luz.

—A ver si papá te va a decir lo mismo, —dije regresando a mi seriedad.

Luz se ofreció a ir conmigo a recoger leña cuando nunca lo hacía. En el camino entendí la razón: ella eligió la ruta para llegar al monte, pasamos justo donde solía pararse el tzeltal; nadie en casa sospechó, a pesar de que esos mandados los hacía yo y a los que mi hermana jamás se había ofrecido hasta ese día. Él parecía esperarla, se nos acercó de inmediato y más con señas que con palabras en español, algo se dijeron rápidamente mientras yo me tronaba los dedos del nervio de ser descubiertas y de la vergüenza al ver a Luz platicando con un hombre. Eso era muy mal visto, razón por la cual a mamá toda la vida le fue prohibido hablar con alguien en la calle o salir sola de su casa. Lo que acordaron fue comunicarse a través de cartas que yo misma llevé varias veces a cambio de algunas cosas, como dulces.

Luz me ofreció una bolsa de charritos para no decir nada y vigilar que papá no fuera a pasar por ahí. Ingenuamente nos olvidamos del lugar donde vivíamos, un pueblo tan pequeño que cualquier evento o persona extraña que cruzara o se moviera era imposible no enterarse; los vieron platicando y papá lo supo al día siguiente, cuando regresaba de trabajar. Entró a la bodega insultando, directo a la hamaca de mi hermana, a quien agarró por sorpresa. Vi cómo la levantó del pelo y le propinó con rabia la primera y única paliza que Luz recibió en toda su vida por parte de él. Por encubrirla, yo recibí una más de tantas.

Mi pueblo

Cuando dejamos San Dimas, nos fuimos aún más lejos; hasta Pocobol, otra comisaría localizada a setenta kilómetros de Texkal. Ahí sólo estuvimos un mes y regresamos a mi pueblo, donde por fin terminé el tercero de primaria.

Mi casa estaba del lado derecho del terreno rodeado de árboles frutales, era un óvalo de paredes hechas con bajareque cubierto de *kancab* y techo de paja, hogar de algunas ratas y alacranes que aparecían de cuando en cuando sobre el piso de tierra húmeda y fría todo el tiempo. Algunos banquillos, la máquina de coser de mamá y su silla, las cajas de cartón donde guardábamos la ropa y nuestras hamacas, eran los muebles que estaban dentro de la casa. En esa única pieza dormíamos todos, papá y mamá, Juan mi hermano mayor, Luz, Matías, Pedro y yo. Para bañarse lo hacíamos dentro de la casa detrás de una cortina de tela confeccionada por mamá, que colgaba en uno de los lados del óvalo; el desagüe era un agujero entre la base donde se incrustan los bajareques y el piso. La única luz estaba en esta parte de la casa. La cocina, iluminada con velas y el carbón que permanecía encendido hasta extinguirse, era un jacalito independiente de bajareques muy separados y sin *kancab* para ventilar el humo de la candela.

Para ese entonces estaba en mis diez años, me emocionó la idea de aprender a manejar la bicicleta cuando papá dijo que era hora de enseñarme. Las clases fueron en el patio de casa.

Antes de ayudarme a subir, colocó piedras en una caja amarrada a la parrilla.

—¿Por qué le pones tantas piedras a la bicicleta?, —pregunté sorprendida.

—Para que te acostumbres al peso, sólo así puedes agarrar fuerza para traer cosas pesadas: la leña, elotes, calabazas o lo que sea, —respondió serio.

Ante algo que jamás había hecho, supuse que así tendría que ser. Sin preguntar más, mientras él sostenía la bici por detrás, recibí la orden de subir y una vez sentada con las manos firmes en la guía comencé a pedalear hasta sentir que iba sola. Con el impulso las primeras pedaleadas fueron fáciles, metros adelante empecé a sentir que la bicicleta pesaba mucho. Alcancé a avanzar como diez metros hasta que perdí el control al ver que por el peso no pude esquivar el cedro que estaba en el camino y me estrellé en él cayendo de costado, mi pierna quedó prensada con el peso de la bicicleta y las piedras. El sentimiento de vergüenza y el temor al regaño impidieron la llegada de las lágrimas; ante la mirada amenazante de papá, volví a subir a la bicicleta.

—¡Coño! ¡Te dije que no dobles la espalda! ¿No entiendes?, —gritó.

Él me asustaba tanto que era difícil coordinar pies y manos. En algún momento supuse que aquellas formas humillantes y lastimosas de enseñar fueron las mismas que han de haber empleado con él, aunque era difícil imaginar a mi abuelo tan cariñoso con nosotros, sus nietos, enseñándole a papá de esa manera.

Todos en casa vivíamos atemorizados por los golpes, defender a los otros era correr el riesgo de recibirlos. Pocas veces en mi niñez, ante cada grito o golpe, mamá intercedió por alguno de nosotros.

—Déjala descansar, ¿no ves que están pesadas las piedras? ¡Déjale de insultar, por eso no aprende!, —quiso reprenderle mamá.

—¡Cállate! ¡Tú no te metas! El que enseña aquí soy yo, —respondió furioso como era costumbre.

Así aprendí.

Un sábado, aún sin dominar por completo el manejo de la bicicleta, camino a la milpa, iba en zigzag tratando de mantener el equilibrio. Esta vez sólo cargaba mi peso tratando de esquivar las piedras y los charcos del camino angosto; papá y mamá iban adelante.

Concentrada, tratando de no caer, con mis cinco sentidos en la pedaleada y pendiente del camino y sus obstáculos, levanté la vista para darme cuenta de que mis padres ya no estaban. Apenas comenzaba a amanecer, con la poca claridad miré a lo lejos para ubicarlos, sus cabezas eran dos puntos negros. Todo aquello que pasó de largo en la primera parte del camino, sin percatarme, porque me sabía acompañada, apareció de golpe en mis sentidos. El camino se hizo oscuro, crecieron las ramas de los árboles, las cigarras gritaban enloquecidas, los insectos se atravesaban ante mi vista y por segundos todo se quedaba en un absoluto silencio.

Estaba sola, en medio del monte, sobre aquel sacbé solitario y largo. Verlos tan lejos me causó mucha angustia y con desesperación traté de acelerar para alcanzarlos, fue imposible. Me sentí abandonada, pasó por mi cabeza la idea de encontrarme una desviación, perderme y nunca más aparecer. ¿Para qué seguirlos si ya me dejaron? Quería llorar.

Apurada por alcanzarlos, en uno de esos segundos de silencio cuando las cigarras hicieron pausa, escuché un ruido tras de mí. Un escalofrío me recorrió de la punta del pelo a la punta del pie; las ganas de orinar fueron muchas de tanto miedo. No quise voltear para atrás, el sacbé era una brecha muy angosta, llena de piedras y hierbas crecidas con espinos, en un descuido podía caerme o embarrarme en ellas. Con terror aceleré lo más que pude, mientras escuchaba y sentía la presencia cada vez más cerca de mí. En tan sólo unos segundos, con el corazón saliéndose del pecho y lista para dar un grito, cruzó junto a mí un señor pedaleando su bicicleta.

—Niña, ¿dónde está tu papá?

—Ya me dejaron.

Las palabras salieron entrecortadas con un suspiro y se me fueron las fuerzas de los brazos y piernas.

—¿Te dejaron? Ahorita los alcanzo y les digo que esperen por ti.

Continuó su camino, le escuché mascullar enojado: *¡Qué barbaridad!* En unos minutos se perdió de mi vista, lo vi alejarse mientras mi corazón se recuperaba.

Nadie me esperó. Llegué a la milpa sola.

Luz

—¿Ya vieron la hora? Tu papá no ha regresado. Ojalá esté muerto, —nos dijo mamá. A Luz no le agradó escuchar eso.

—¡Estás loca, mamá, cómo puedes decir eso!, —lloriqueó mi hermana.

—¡No me digas esa palabra! Respeta a tu madre, no soy tu hermanita, —le reprochó mamá. Odiaba que le dijeran loca.

Yo sólo escuchaba deseando que mamá tuviera razón *¡Ay, Diosito, que esté muerto por favor!*

Antes que mi madre se acercara a darle una bofetada, Luz se levantó para irse pidiéndole perdón.

Esa noche creí que por fin se acabaría toda la rabia que papá desquitaba contra nosotros. Eran las diez y aún no regresaba, sabíamos que estaba bebiendo el dinero de su venta, otra vez, pero cabía la posibilidad de que algo le hubiera sucedido. Todas las veces que llegaba borracho lo hacía antes de las siete.

Nos mecíamos las tres en las hamacas, era tarde y, ahora sí, muy raro que papá no hubiera llegado; la única preocupada era Luz, yo caía por ratos dormida, en paz, tranquila, deseando se cumpliera el presagio, pero me despertaba mi hermana cada vez que quitaba la tranca de la puerta para ver si él llegaba. Así dieron las cinco de la mañana cuando escuchamos la voz de don Anselmo.

—¡Don Luis! ¡Don Luis!, —mamá despertó y mandó a Luz a preguntarle que quería. No es bien visto que la mujer de la casa salga a ver quién llama.

—¿Qué pasó don Anselmo?

—¿Está tu papá?

—No llegó a dormir, andamos preocupadas.

—Pues entonces creo es tu papá quien está tirado en la bajada de la curva dentro del monte.

—¡Mamá, mamá! ¡Te buscan! ¡Encontraron a papá dentro del monte!, —gritó Luz desde la puerta.

—¡Mejor! ¡Ojalá y se haya muerto! ¿Cuántas veces le dije que no se gaste el dinero en sus borracheras? Sólo esto me faltaba, ¡a ver ahora cómo chingados vamos a juntar el dinero para tus quince años!

Meciéndome en mi hamaca sonreí deseando desde lo más profundo de mi corazón que no regresara. Me levanté para ir a la puerta y escuchar completa la noticia.

Don Anselmo iba rumbo a su milpa cuando vio el bulto a un costado de la carretera, parecía una persona y se acercó. Era papá con su camisa rosa de costumbre, tirado boca abajo. Parecía haber arrastrado la cara sobre el camino de *saskab** y dormido la borrachera sobre su sangre y vómitos en la tierra, después de voltearse con la bicicleta. Las marcas de las piedras le rasparon ambas mejillas y la nariz. Mamá pidió el favor a don Anselmo de traerlo a casa.

Esperamos más de una hora, bajo el sol de las siete de la mañana asomaron a lo lejos don Anselmo y su amigo cargando a papá por los costados. Aún borracho, alcanzaba a dar algunos pasos y arrastrar los pies otro tanto. Su camisa rosa estaba llena de sangre, los pantalones habían absorbido sus orines y tenían costras de tierra.

Después de agradecerle a don Anselmo el favor, lo acostaron en su hamaca y mamá le limpió la cara lastimada con un pedazo de tela de su costura remojada en alcohol. Se quejaba pidiendo agua fría, aspirinas y todo lo que pudiera quitar el malestar. En unas cuantas horas estaba como nuevo, listo para seguir fastidiándonos la existencia. Tuvo suerte. Mi madre y yo no.

Para los quince años de Luz, papá tiró la casa por la ventana. Por fortuna en esa ocasión pudo cazar cuatro tepezcuintles grandes que vendió a buen precio y con eso terminó de comprar todas las cosas de la fiesta, después de meses de ahorrar y de gastarse una parte en sus borracheras.

Los cinco pavos para la comida los criamos en casa, se hicieron en distintos guisos: escabeche, chimole, relleno blanco. Además, para los invitados especiales de papá, los maestros y su amigo el doctor, preparó con todo entusiasmo dos piernas de venado enterradas.

Fue una gran fiesta con chambelanes y damas. Llegaron invitados del pueblo, la familia de papá, los amigos de mi hermana —de parte de mamá nadie asistió, abuela tenía prohibido pisar nuestra casa— era mucha gente.

El terno de Luz estaba confeccionado especialmente para la ocasión. Lleno de flores de colores, se colgó todas las alhajas regaladas por papá, andaba feliz de mesa en mesa tropezando cada dos pasos de tan pesado atuendo y sus zapatos de tacón que usaba por vez primera. Yo vestí mi huipil morado y mamá el suyo para las ocasiones especiales. Para ese día, papá decidió comprar una camisa blanca en lugar de la rosada de toda la vida.

Terminando la ceremonia a las once de la mañana, después de posar para las fotos en la puerta del templo, caminamos a casa para la fiesta. Se rentaron mesas y sillas, se contrató a un señor para tocar música con el órgano. Era tanta gente que no quedó una mesa vacía; la ocupada por los invitados especiales de papá era la única con botellas de alcohol y cervezas.

Ese día Luz tuvo el permiso para beber dos copas. Yo repartía comida, hacía los mandados, llevaba horchata al resto de los invitados. Mientras iba y venía de una mesa a otra pensaba que cuando se fuera toda esa gente la casa estaría de cabeza, sucia, y yo tendría que limpiar.

A la mitad de la fiesta papá hizo un brindis por los añorados y felices quince años de su hija. Luz recibió muchos regalos, perfumes, maquillajes, ropa, vestidos. Nunca me compartió nada, solía ser amable conmigo cuando le convenía, como cuando había que alcahuetearla con sus enamorados, ser su mandadera de recados o evitarle la vergüenza de ir a comprar sus toallas sanitarias. Yo, a mis diez años, iba inocentemente a la tienda y las pedía, ¡no sabía para qué eran! El dueño se me quedaba viendo y yo me iba sin entender por qué. Lo supe el día que me bajó la regla. Nunca nadie me explicó nada, ni Luz, ni mamá, nadie en la escuela.

Una tarde vi mi ropa manchada, pensé que me había sentado sobre algo lastimándome sin darme cuenta, con la misma fui a cambiarme y lavar la ropa sucia, pero la sangre seguía saliendo de ahí. Por la tarde cuando mamá me ordenó prender la candela, al levantarme vio la mancha.

—¿Qué te pasó, por qué traes la ropa manchada?

—No lo sé, desde la mañana lo vi, me cambié, pero no se me quita.

Para ese entonces mi hermano Juan estaba viviendo de nuevo en casa con una mujer embarazada, era una muchacha como de dieciocho años; ella estaba en la cocina con nosotras y fue quien dijo que era mi regla. Mamá se paró a buscar entre las cosas de mi hermana una toalla y me la dio como si yo supiera qué hacer con ella. No tenía la menor idea de cómo usarla. La muchacha se dio cuenta de mi cara de sorpresa y fue quien me explicó cómo se ponía.

Era incómodo y raro sentir eso entre mis piernas, se me hacía difícil caminar. Cuando llegó papá, vio mi andar raro y preguntó qué me pasaba, no supe responder, pero mamá lo hizo por mí, habló de la enfermedad normal de las mujeres.

Esa fue la única vez que usé una toalla, nadie me dijo si volvería a pasar ni cuándo ni por qué. No sabía si era malo, si me iba a morir, que debía hacer, no sabía nada. La segunda regla llegó de sorpresa una vez más, estaba en la milpa trabajando. Ese día cayó un aguacero, cuando me escondí bajo los árboles vi la mancha de nuevo. Ahí no había papel, ropa ni nada, busqué entre la tierra cualquier cosa suave inevitablemente sucia para ponerme.

Mamá no quiso comprarme toallas, ni tampoco me dijo qué podía hacer, así que por lógica empecé a agarrar trapos viejos para lavarlos después. Los tres primeros meses me sirvieron para entender lo que estaba pasando y estar preparada para cuando llegara.

MADRE

A pesar de ser una comunidad pequeña, a mi pueblo llegaron varias religiones a tratar de evangelizarnos. Pasamos de templo en templo acompañando a mamá, que buscaba recibir orientación sobre lo que sucedía en casa. En ninguna aprendimos nada ni recibimos ayuda.

La iglesia católica era un tinglado con techo de lámina en la que muy poca gente se reunía, sólo fuimos en una ocasión. A la de pentecostés —otro pequeño tinglado bajo un roble— asistimos pocas veces, dejamos de ir cuando el número de personas empezó a disminuir tras los largos y aburridos sermones. Los bebés lloraban cansados y los niños nos burlábamos de los mayores, pendientes de quién rezaba y quién no, o si lo hacían con los ojos abiertos o cerrados. Nos reíamos de los que se dormían mientras el hermano oraba con la Biblia abierta en ambas manos.

Años después comenzamos a asistir a la iglesia cristiana, un poco antes de que el problema de casa estallara y mis padres se separaran. A esta iglesia asistía un mayor número de personas, todas mujeres y sus hijos; era un comedero de gente. Las señoras pasaban la mayor parte del tiempo criticándose las ropas que usaban o cuchicheando si el esposo de la vecina le pegó la noche anterior estando borracho y al día siguiente fue a rezar con los ojos morados. Uno de esos sábados comenzamos a ser nosotros la comidilla de las feligresas por nuestra forma de vestir, siempre con las mismas ropas cuando era bien sabido por todos que papá tenía propiedades.

Era inevitable el sentimiento de tristeza o ¿vergüenza? por nuestra forma de vivir. Fui testigo del problema que era para mamá pedirle unos centavos a su esposo para ropa o zapatos, aún más si se trataba de querer comprar algo que no era indispensable y sólo era un gusto. Algunas tardes después de haber cobrado su costura, ella nos ofrecía comprar una chuchería en la tienda, sus ojos negros brillaban de alegría. El movimiento apurado por hacer todo a escondidas y no ser reprendidos por papá nos ponía ansiosos. Por unos minutos ella dejaba la máquina de coser para darme los pesos ganados —de vez en cuando agarrábamos un poco del maíz cosechado para venderlo— me entraban mariposas de emoción y miedo al estómago que me hacían salir corriendo hasta la tienda de don Eusebio a comprar un refresco, una barra de pan francés y alguna fritanga para rellenarla.

A mi regreso, mamá y mis hermanos —excepto Juan— ya estaban sentados en los banquillos de madera bajo el árbol de mamoncillo esperándome. La barra de pan se dividía en cinco partes iguales que cada quien se tragaba apurado antes de que papá regresara. Mientras, mamá, Luz y yo hablábamos de la costura. Después del último bocado recogíamos todo rastro de papel que nos delatara revolviéndolo con la basura acumulada en el fondo del patio.

A pesar de todo lo que acontecía a diario en mi familia, conservaba el sueño infantil, dormía tranquilamente toda la noche sin enterarme de nada de lo que sucedía entre mis padres mientras sus hijos dormían. No sé cuándo mi sueño inocente empezó a interrumpirse con el llanto de mamá. Me daba temor, era extraño, comenzó a ser una tortura, no entendía qué pasaba, pero algo me hacía sentir que no estaba bien.

Algunas veces sólo era el ruido de dos cuerpos chocando; en otras, mamá se quejaba llorosa, pero la mayoría de las veces lloraba susurrándole a papá que la lastimaba. La primera vez desperté por aquellos ruidos y no podía ver nada. Quieta por completo traté de escuchar para entender lo que sucedía, toda esa mezcla de gemidos y llanto fue insoportable, preferí taparme las orejas con las manos, miré hacia el techo a ciegas sin poder ver nada y así estuve un rato hasta que los gemidos cesaron y pude dormir de nuevo.

Al día siguiente papá llegó borracho, Juan no se apareció en todo el día y los demás estábamos en nuestras hamacas.

—¿Ya se durmieron los niños?, —preguntó papá. Mamá asintió en voz baja creyendo que dormíamos.

Fingí estarlo cuando se acostaron después de apagar la luz. Los ruidos empezaron de nuevo. Esta vez mamá lloraba quejándose más fuerte pidiéndole que la deje en paz, papá la insultaba gruñendo que se aguante porque era su esposa y para eso estaba ahí.

Mientras forcejeaban sentí mucha desesperación y odio hacia papá, no sabía si levantarme y llamar a Luz. Comenzaron a rechinar los hamaqueros, señal de que todos estábamos inquietos, despiertos, pero ninguno de nosotros decía nada. Cuando Matías comenzó a llorar, Luz preguntó en voz alta qué estaba pasando. A papá no le importó, continuó insultando y forcejeando con mamá hasta que se escuchó el golpe de alguien que cayó al piso. Mi hermana y yo estábamos paradas junto a nuestras hamacas cuando se prendió la luz. Mamá la había encendido, estaba parada con el pelo revuelto y sólo con su fustán, tenía la cara llena de lágrimas. Papá estaba en el suelo, desnudo, tratando de ponerse la ropa. Se levantó furioso de golpe y le lanzó el banquillo a mamá sin atinarle, Luz se metió a defenderla y lleno de rabia agarró de los hombros a mi hermana lanzándola contra un rollo de alambre de púas que estaba arrinconado. Ella gritó y el llanto de mis hermanitos se hizo más fuerte. Me acerqué a Luz para levantarla de los alambres mientras mamá trataba de vestirse cuando papá se fue contra ella de nuevo jalándola del brazo y el pelo. De un empujón la llevó hasta la puerta.

—¡Déjala! ¡Deja a mamá!, —gritábamos nosotras, mis hermanitos lloraban.

Papá rugió:

—¡Todos están en mi contra! ¡Nadie me apoya! ¡Lárguense a dormir afuera, no quiero verlas!, —gritó y de un empujón nos sacó a las tres cerrando la puerta.

Ahí nos quedamos llorando, sentadas en el suelo, esperando a que se dignara a abrir, lo cual hizo hasta las seis de la mañana cuando salió con sus cosas del trabajo sin decir nada.

Esa noche mamá se armó de valor.

—Me voy con mis papás. Ya no soporto más, —se atrevió a decir a papá llorando escandalosamente.

—¿Quién se va a ir con ella?, preguntó papá con una risa burlona. Luz bajó la vista y se quedó callada, mis hermanitos no sabían qué estaba pasando, fui la única que levantó el dedo y con temor.

—¡Entonces lárgate!

Mamá agarró su rebozo y salimos las dos de casa. Nos quedamos paradas en la puerta un rato dudando aún si debíamos irnos.

—¿Se van a quedar mis hermanitos?

—No los podemos llevar, —dijo con tristeza— ya me ha dicho tu abuela que, si salí de ahí sin hijos, puedo regresar, pero sin ellos, y hay que caminar dos kilómetros para llegar hasta su casa.

Abuela vivía en otra comisaría.

Entendí lo que quiso decir mamá. Yo no quería irme y dejar a Matías y Pedro. Sin decir más dio la vuelta y se fue sola. Tomó el camino sin cruzar por lugares públicos y así cualquier persona que la viera no fuera a hablar mal de ella: una mujer casada nunca sale sola y menos de noche.

La vi alejarse corriendo. Aterrada entré a casa. Nadie dijo nada.

A la mañana siguiente después de que papá se fue a la milpa, Luz y yo hicimos los quehaceres de la casa como si nada hubiera pasado, sin decirnos nada mis hermanitos lloraban preguntando por mamá, tampoco respondimos. Yo sólo limpiaba mis lágrimas que escurrían cada vez que me regresaba la idea de lo que iba a pasar con todos nosotros. Por la tarde, cuando papá regresó de la milpa se llevó a Matías en la bicicleta montándolo en la parrilla, sus cortos brazos apenas y alcanzaron a rodear la cintura de papá para sostenerse de él.

Regresaron en la noche con mamá, ella traía la cara hinchada del llanto, su ropa sucia y marcas de sangre en la espalda. Nadie abrió la boca, ni siquiera cruzamos miradas entre nosotros por temor a que todo estallara de nuevo. El demonio de papá se acostó a dormir en su hamaca colocada estratégicamente en la puerta de entrada para poder espiar y evitar que mamá volviera a escaparse. Sus ronquidos fueron señal para que mamá pudiera contar a Luz y a mí lo sucedido esa tarde.

Cuando papá llegó a casa de los abuelos, bajó a Matías quien entró llorando a buscarla. Angustiada por mí hermanito, lo cargó en sus brazos y salió a la calle. Ahí estaba él esperándola.

—¿No tienes corazón para abandonar a tu hijo?

—No es mi culpa, es tuya. Nos das una mala vida.

—Vámonos a la casa para que puedas atender a tus hijos que están llorando.

Mamá dudó por unos segundos, Matías estaba colgado a su cuello, la abrazaba sin quererla soltar. Ella no pudo aguantar y entró a decir a los abuelos que regresaba a su casa. Con mi hermanito en los brazos agarró su rebozo, lo único que se había llevado con ella.

Ya estaba oscuro, mamá venía sentada en la parrilla y Matías en el tubo delantero de la bicicleta. En la carretera sobre la curva principal a la entrada del pueblo, papá aparcó a un lado y les dijo que se bajen, la recostó en la orilla de la carretera ordenando a Matías que espere ahí mientras regresaban. Jaló del brazo a mamá y entraron al monte. Con insultos le agarró ambas manos doblándolas para obligarla a hincarse sobre las hierbas, una vez en el piso le cayó a patadas en los brazos y muslos. Las súplicas de mamá aumentaron su rabia, arrancó una madera de entre las matas y le asestó golpes hasta sacarle sangre en la espalda. Matías lloraba en silencio parado junto a la bicicleta, escuchando los golpes, insultos y el llanto de mamá.

—¡Esto es para que aprendas y no me vuelvas a dejar!, una mujer cuando se casa es para siempre, no para que se ande largando. Aquí mismo voy a cavar tu tumba para enterrarte si lo vuelves a hacer ¡Ay de ti si dices a alguien que te rompí la madre!

Mamá nos mostró los golpes en sus brazos y las llagas de la espalda. Ese día sentí por primera vez no poder controlar mi odio, me dije por dentro ¡lo voy a matar!

Sabía dónde guardaba sus cosas, el veneno de las ratas, los líquidos para fumigar. Acostada en mi hamaca meciéndome, lo único que pude pensar toda la noche era cómo vengarme. Al día siguiente por la tarde, ayudé a mamá a alistar el sabucán* del demonio de papá que llevaría en la mañana a la milpa. Esperé pacientemente a que ella preparara sus tres *penkuches.** Los remojó en agua durante media hora para suavizarlos y poder hacerlos *ya'ach.** Me lo entregó ya en forma de bola de pozole lista para envolverla en una servilleta. Cuando la tuve en mis manos deshice la bola y sin que mamá se diera cuenta le vacié el veneno para ratas, un polvo blanco como si fuera sal. Mi corazón latía a toda velocidad, respiraba como toro enojado de tanta rabia y odio; no sentí el menor remordimiento. Estaba decidida. Con la misma volví a formar la bola que puse en la servilleta, la metí al sabucán junto con su jícara, sal y chile.

Desperté deseando que ya se hubiera desayunado el pozole. Con tranquilidad llegué de la escuela y al medio día mamá me mandó a moler el nixtamal. Parecía un día cualquiera. Cargué la cubeta y me formé en la cola del molino. Mi mente estaba en blanco, mi corazón en paz.

Haciendo mi turno, el cuchicheo y el polvo que levantó la camioneta al cruzar con velocidad frente al molino, llamó la atención de la gente. Papá estaba tirado de bruces en un costado de la cama del vehículo junto a su bicicleta. Una punzada en el pecho se me clavó y comencé a temblar temiendo ser descubierta. Sentía que todos me miraban como si supieran que yo lo había envenenado. La gente empezó a gritar.

—¡Traen a tu papá muerto!

—Déjenla pasar para que vaya a verlo.

Lo más rápido que pude y con un miedo de la punta del pelo a la punta del pie agarré la cubeta con el nixtamal y como pude corrí a casa. Mi corazón se salía del pecho.

Ahí estaban don César con mamá, dándole de comer limón al moribundo. Pregunté qué había pasado. En coro dijeron que había comido veneno y don César se lo encontró tirado. Ellos son hombres de campo, supo de inmediato que estaba envenenado por la espuma que salía de su boca, le dio limón hasta hacerlo vomitar sangre. Ya en casa, cuando pudo hablar, papá nos dijo que después de comer el pozole se sintió mal, le vinieron mareos y se desmayó.

—Alguien me quiso envenenar, dijo mirando a mamá para ver si ella se delataba.

Nadie imaginó que fui yo. Por dentro empecé a gritar todos los insultos que me sabía. Maldije a todos. *¡Viejo puto!* ¡Maldito! ¿Por qué no te moriste?, sentía la sangre caliente en mi cara, una rabia infinita. Hijo de la chingada. Maldito *don César. ¿Por qué salvaste a ese animal?*

Se me escurrían las lágrimas de rabia, salí de la casa. Han de haber pensado que lloraba de preocupación. Don César se fue y cuando el demonio se sintió mejor pero aún sin fuerzas, empezó a insultar a mamá insistiendo en haberle puesto algo en el pozole. Ella muy segura lo negó, tuvieron que pasar varios días para dejar de culparla.

Muchos años después, cuando me atreví a recordar este evento, pensé en qué hubiera sido de mí si papá hubiera muerto y se supiera que una niña de tan solo once años era la responsable y en cómo mi odio me pudo haber llevado a cometer tal crimen sin medir ninguna consecuencia.

Las ganas de verlo muerto nunca se me quitaron. Hoy como adulta, mi odio es el mismo, quizá lo que me detiene es la consecuencia.

NOSTALGIA

No solía pensar en lo doloroso de los días, lo que hacía era añorar los momentos de paz en los ratos libres, cuando papá regresaba hasta tarde después de su venta de miel o cuando el abuelo llegaba a visitarnos. Por las noches, acostada en mi hamaca con un pie abajo para mecerme, escuchaba el ruido de las ratas corriendo entre la paja del techo de casa mientras contaba las horas faltantes para la visita del abuelo.

Los domingos a las once de la mañana se escuchaba desde lejos el ruido del motor del transporte que lo llevaba hasta el pueblo. Era un enorme camión de redilas blanco. Todos los nietos corríamos hasta la esquina para esperarlo.

Él venía colgado de las redilas con ambas manos y llevaba su cargamento de comida a los pies: los tres kilos de huesitos de res reglamentarios para hacer en caldo, y el *xiix** envuelto en papel de estraza listo para ser picado con cilantro, rábano, tomate, naranja agria y sal. Nos atiborrábamos de tacos. Abuelo se bajaba ágil de un brinco y todos sus nietos corríamos para abrazarlo, algunos colgados de su cintura y otros ayudándole con las bolsas, así caminábamos juntos hasta llegar a casa.

Él se quedaba siempre en la nuestra. A su llegada, el clima amargo y tenso junto con los regaños e insultos de todos los días se escondían tras las puertas durante el tiempo que abuelo se quedara. Durante esas horas a papá nada le disgustaba, no hablaba, tampoco sonreía.

Por lo general su estadía era del domingo al lunes. Abuelo era como un rey a quien todos atendíamos con gusto. Nos peleábamos por lavarle su ropa, primero la que traía sucia en la bolsa y que una vez limpia se enfundaba después del baño, al día siguiente la ropa con la que había llegado. Trabajaba de velador y ganaba el dinero suficiente como para llevarnos toda aquella comida y hasta repartirnos monedas; hacíamos cola mientras metía su mano al bolsillo para empezar a regalarnos sus centavos. Cuando llegaba mi turno, ponía las dos manos juntas como si fuera a desparramar sobre ellas una montaña de monedas. Una vez con los dos o tres pesos que me tocaban, salía corriendo sin pedir permiso hasta la tienda para comprarme algún dulce. Papá no decía nada.

Años después, tuve una plática con abuelo semanas antes de su muerte y pude entender la relación entre la frialdad y maltrato de papá hacia nosotros. Abuelo, su padre, trataba de darnos en un poco más de veinticuatro horas, lo que él nunca pudo darle a su familia en toda nuestra vida juntos.

En casa, mi familia estaba inscrita al programa de Oportunidades que da el gobierno a las familias de escasos recursos para solventar gastos de salud y educación. Todos mis hermanos y yo éramos menores de edad y en el caso de las que estudiábamos —Luz y yo— parte del dinero que recibían, nos correspondía para útiles y cosas necesarias para la escuela.

Papá nunca dejaba a mamá salir sola de casa, ni al mercado, ni a visitar a su familia. Los días de pago en Texkal, mamá iba a cobrar acompañada por él. Saliendo de la cola después de poner su huella digital de recibido —ella no sabe escribir— la esperaba en la esquina con la mano extendida para que le entregara todo el dinero de Oportunidades.

Antes de llegar a casa hacían una parada en la cantina. Él se tomaba sus cervezas mientras mamá se comía la botana, el resto del dinero no sé dónde quedaba. Cuando ella le reclamaba para poder comprar las cosas que necesitábamos, papá decía que debía comprar líquido para fumigar, cubos e inyecciones para el ganado, pero nunca vimos nada de eso. Mamá le insistía por algo de dinero para mi ropa y zapatos que estaban en muy malas condiciones.

—Cuando cobres la costura compras tela y hazla tú, que para eso tienes máquina, —le decía en su normal tono grosero.

Jamás recibí un centavo para llevar a la escuela. Al final mamá compraba la tela para hacer mis huipiles con el dinero de su costura. Me mandaba con doña Cas —una mestiza joven y gorda— para escoger el dibujo que iba en los cuellos y bajos del vestido. Me divertía ir, pero odiaba escoger, pues Cas sacaba una caja llena de dibujos y para mí era siempre muy difícil decidir.

—Agarra el que quieras, el que te guste a ti, —le decía.

—¿Y si no le gusta a tu mamá?

—Pues regreso y lo borras.

—No, mejor escoge tú, después ya no se puede borrar.

Así empezaba nuestro juego: entrecerraba los ojos y extendía una mano que ella tomaba y dirigía hasta dentro de la caja; ella la colocaba sobre los diseños y yo agarraba lo primero que cayera en mis manos; lo sacudía y Cas me decía si debía soltarlo o no para probar con otro.

El chiste era asegurarme de que fuera un dibujo angosto, pues no me gustaban los hipiles cargados de adornos. Una vez elegidos tres o cuatro, Cas calcaba sobre la tela los dibujos con un carbón, mientras yo la esperaba, aburrida. Una vez terminados, mamá se dedicaba a bordar.

En la escuela mis compañeros se burlaban de mí por llevar siempre el mismo hipil y no tener uniforme. *¿Por qué eres tan pobre si tu papá tiene dinero?*, me preguntaban. Las niñas se juntaban para sacarme la lengua y reírse de mí mientras gritaban cosas sobre mis calzones diciendo que hasta eso me costuraba mamá.

La primera vez lloré avergonzada en una esquina de la escuela, la siguiente burla les lancé piedras, la última ocasión rompí sus libretas. No volvieron a molestarme.

Luz no sufrió lo mismo porque papá le pagaba a una señora para que le bordaran sus ternos de hilo contado y sus fustanes largos. Le daba cinco pesos para llevar a la escuela y gastar en lo que quisiera; se compraba sus mandarinas con chile o algún dulce de los que nunca me invitó. Yo llevaba mi pozole, a veces nada, y corría a casa para comer algo en el recreo, al terminar, regresaba a la escuela de nuevo. Mi deseo infantil de comer un dulce como el que la mayoría se compraba en la puerta de la escuela, me llevó a deslizar hábilmente la mano muchas veces y agarrar alguno sin que nadie se diera cuenta.

El cuarto de primaria lo cursé en Chacmul, el pueblo de mamá, a dos kilómetros de mi pueblo; en ese entonces era una comunidad muy pequeña. Ahí sólo había unas seis familias, de las cuales tres eran de mamá. No había tienda, molino, nada. Sólo seis casitas y el salón de clase también era el vestigio de alguna construcción colonial que se caía en pedazos. Aquí el profesor nos dividía por edades, como en el pueblo donde cursé tercero de primaria. En esta ocasión éramos diez; y en cuarto grado, sólo Ángel y yo.

Los primeros días tuve que caminar los dos kilómetros hasta el pueblo de mamá, al cuarto día el profesor se ofreció a recogernos con su camioneta Nissan en un lugar fijo a las seis y media de la mañana en punto. Ahí estábamos cuatro de los diez niños que íbamos a clase puntuales todos los días, trepábamos en la parte trasera dejando colgar nuestros pies descalzos, sosteniéndonos de las redilas y de los otros compañeros. Era un viaje de cinco minutos de ida y otros cinco de regreso.

Abuela vivía a la entrada de la carretera, por lo que forzosamente pasábamos por la puerta de su casa, parecía que me esperaba y todos los días nos decíamos adiós con la mano en señal de saludo y también de despedida. A la hora del descanso caminaba a su casa para visitarla.

—¿Qué te mandaron de comer, Aracely?

—Pozole, abuela.

—Ve al gallinero y tíraselo a las gallinas.

Si había cocinado me servía de comer, cuando no, caminaba al gallinero, ahí se enfrascaba en una plática con las gallinas preguntando si ya habían ovado; la respuesta de las mudas aves la obtenía al levantarlas y encontrar huevos debajo.

En caso de no haber, les metía un dedo en el culo palpando la suavidad de alguno por venir; si había evidencia, les untaba un poco de sal y las gallinas salían despavoridas a buscar un lugar donde ovar. Era inmediato. Los huevos aún calientes y suaves los preparaba abuela fritos con tomate acompañados de algunas tortillas.

Este curso fue el mejor para mí, es de las pocas cosas que me dan nostalgia cuando recuerdo la experiencia de mi primer viaje. No tengo idea de cómo papá lo autorizó.

El maestro convocó a los padres de familia para decirles de la excursión a la ciudad como parte de un paseo de investigación. No recuerdo mucho sobre el lugar visitado, hasta hoy no he podido ubicarlo de nuevo. Antes de informar a los padres, el profesor avisó a los niños, sentí emoción a pesar de dar por hecho que papá se negaría. Al final obtuve el permiso bajo la advertencia de asistir, pero sin un centavo. Mamá comenzó a juntar los suyos para darme.

Llegó el tan ansiado día, no pude dormir de la emoción, era imposible imaginar lo que vería. El profesor nos recogió en su Nissan a la hora acordada. Cuando llegamos al pueblo de abuela, corrí a su casa para ver si había cocinado algo y así poder comprar un dulce con los cinco pesos que me dio mamá. Me preparó tortillas con pollo y lo puse en una bolsita, llenó una botella desechable de agua y me regresé rápido a la escuela. El autobús llegó al pueblo a recogernos unos minutos antes de las siete de la mañana. Los pocos habitantes parados en las puertas de sus casas y los diez alumnos, abrimos los ojos y la boca ante la entrada gloriosa de ese enorme vehículo verde con muchas ventanas que ninguno de nosotros había visto antes, ¡me sentía importante!

Todos los niños gritamos emocionados hasta que el camión se estacionó frente al salón de clase. Al abrirse la puerta, el profesor, feliz de vernos felices, dio la señal para subirnos. De inmediato corrimos, incrédulos ante lo que teníamos frente a nosotros, asientos afelpados, reclinables y tres pantallas de televisión. Acomodados, sacamos las cabezas por las ventanas diciendo adiós a todos. Éramos pocos para tan grande vehículo, nos reíamos a carcajadas, cambiábamos de asiento probando si había alguno más cómodo que otro. Una vez aplacada la euforia, platicamos con el maestro sobre lo que haríamos. Calmados de la emoción, cada uno tomó asiento junto a una ventana. Durante el viaje yo miraba las curvas de la carretera, todo parecía grande, amplio, las bajadas del cerro me parecían barrancos.

Fue descubrir un mundo nuevo, vimos muchas cosas que jamás imaginamos. Incluso vimos un avión aterrizando al pasar por el aeropuerto. Se me hizo un viaje largo, sentí dar vueltas y más vueltas hasta llegar al destino final, que aparecía ante nosotros como una promesa codiciada desde que nos informaron del viaje, supongo que era un centro de convenciones.

El profesor había pedido a los padres enviarnos con las mejores ropas que tuviéramos, yo usé mi huipil morado. Me llamó la atención llegar y ver a muchos niños uniformados. Recuerdo al maestro explicando a sus colegas de dónde veníamos y cómo llegábamos de diferentes comunidades hasta la escuela, unos caminando, otros en bicicleta, algunos con él. A la hora del recreo nos llevaron a un lugar con mesas y sillas donde comimos nuestra comida, yo disfruté mi pollo con tortillas, regalo de la abuela.

De todo lo que se vendía en aquel lugar parecía no haber nada de cinco pesos, me daba pena preguntar porque aún no hablaba bien el español, así que Ángel mi compañero de cuarto grado me pidió el dinero y al rato regresó con un dulce.

También tengo el peor recuerdo de la escuela relacionado con mis estudios precisamente en cuarto grado. Aquel día trágico, salimos con el maestro a hacer una investigación casa por casa sobre las enfermedades que predominaban en esa comunidad. Era un trabajo por equipos, yo iba muy contenta con mi libreta en mano, me sentía importante, casi una doctora a la hora de preguntar a las familias que nos recibían con bromas. Al terminar la semana se daría la calificación final. Cada encuesta valía determinados puntos, que juntábamos al final. Era miércoles, llegué a casa contenta y papá me pidió la libreta.

—¿Por qué no está calificada esta tarea?, —preguntó en voz alta.

—Es un trabajo por equipo, hasta el viernes nos pondrán la calificación, —me temblaba la voz de miedo.

—Ya te dije que todas las tareas tienen que estar calificadas. ¿Qué chingados haces en la escuela? ¿Qué es eso de estar preguntando a la gente? Ese maestro no sirve.

La cara le cambió, estaba lleno de furia, más que otras veces. Todos se callaron cuando le pidió a Luz un pedazo de manguera que sin pena alguna azotó en mis piernas incontables veces, me jaló del pelo hasta el patio, el sol del mediodía quemaba la piel y de un empujón me obligó a hincarme sobre un par de tapas de refresco embotellado con las puntas hacia arriba, clavándose en mis rodillas. Le pidió a mamá dos de los molinos de pepita y me hizo extender los brazos sosteniendo uno en cada mano.

Estuve más de una hora así. A pesar de sentir que sus castigos siempre eran injustos y era severo cuando hacía las cosas mal, ya fuera equivocarme en el chapeo o perder la coa, jamás entendí la razón de su furia en esta ocasión. No había motivo alguno.

Quizá nunca pueda describir tal y como recuerdo aquel sentimiento que entró a mi cuerpo, el dolor físico y emocional, un odio infinito, un miedo profundo.

Con los dientes apretados, en esa hora me concentré en soportar el dolor que me estaba matando, el de mis rodillas heridas por las tapas, el calor del sol quemándome y el temblor de mis manos para no bajarlas.

Cuando terminó el castigo no podía moverme, sólo alcancé a sentarme bajo la sombra de una de las matas a seguir llorando, mientras imaginaba tenerlo entre mis manos y doblarle el cuello como lo hacía con los pollos para matarlos, y enterrar su cabeza en el mismo lugar donde guardaba algunas monedas de los huevos que vendía. Por Dios que lo odié tanto. Juré hacerlo un día, la primera vez había fallado, deseaba que la segunda fuera la definitiva. Lo único que lo impidió en ese momento era comparar mi fuerza y tamaño con la suya, de otra manera le hubiera hecho frente sin duda alguna.

No sólo dejó odio dentro de mí, ese que patea la cordura de cualquiera llevando a cometer alguna atrocidad, dejó también pavor, pánico. A raíz de eso, no podía verlo. Cuando llegaba a casa corría a subirme a algún árbol o esconderme en algún lugar para que no me encontrara. Toparme con él era como ver al diablo, al verdadero demonio.

No existe un punto de comparación entre el dolor de cada una de sus acciones sobre mí. No puedo pensar en si una es más dolorosa que otra o más cruel.

Conocimiento

Me ha costado hacer memoria de momentos de alegría, y los que traigo para contar es porque me han ayudado a rescatarlos. Se me habían perdido o, quizá, recordarlos me daba una profunda tristeza. No sé por qué no tuve más de ellos. He de reconocer que mientras los recuerdo hoy, los revivo de la misma forma, con la misma alegría de cuando los viví.

Entre el trabajo en las milpas y la escuela, el tiempo para divertirme con mis hermanos, primos o vecinos era poco. Rara vez mamá nos concedía permiso a Luz y a mí para jugar un rato en casa de Celia, la vecina, temiendo siempre que papá llegara en cualquier momento y no estuviéramos ahí.

Las casas en mi pueblo eran como la mía, de bajareque y *kancab*. Es costumbre cada mañana abrir las puertas de par en par y cerrarlas hasta que la gente se acueste a dormir de nuevo. Las mujeres que no van al campo, limpian, lavan la ropa, muelen el nixtamal y preparan la comida mientras los bebés duermen en sus hamacas.

El teatro de la vida cotidiana de las familias era nuestra diversión, actuar haciendo lo mismo, lo más real posible. En el juego todo era felicidad, no había regaños, ni las cosas feas que cada quien vivía en sus propias vidas. Construíamos una casita de piedras y palos para sentarnos a interpretar. Celia limpiaba el frijol que agarraba de la cocina a escondidas de su mamá, Luz prendía la candela con leña recogida del patio y yo traía el nixtamal para hacer nuestros *penkuches*, lo que cabía en mis manos después de regresar del molino, ocultándolo en una bolsa.

Siempre me elegían para ser el hombre. A pesar de eso, como niña que aún no se cuestionaba muchas cosas y que sólo piensa en jugar, aceptaba sin chistar mientras ellas se disputaban el papel de la esposa y de la hija. Al final las tres volvíamos a ser niñas, para formarnos en la cola y pasar a romper nuestra piñata preparada con basura de la calle.

Abuelo solía sorprendernos de vez en cuando con su visita entre semana por la tarde; se esfumaba todo lo difícil de los días, los malos tratos. Esas visitas inesperadas y sorpresivas nos llenaban la barriga de pan dulce que sólo comíamos en esas ocasiones mientras caíamos al suelo carcajeando por las historias tan divertidas. A la huida del sol, el quinqué de abuelo iluminaba el jacal de la cocina donde nos reuníamos con él mis hermanos y yo alrededor de la luz, esperando nuestro pan.

—¿Qué cuento quieren escuchar? Hoy tengo *El rey y su hija la princesa*, *El señor del carbón*, *El del criado que mandan a podar dentro del monte*, *El ama de casa que manda a leñar al más pequeño de sus hijos*.

Para mí siempre el más divertido fue el del señor del carbón.

Abuelo no sólo contaba historias, solía platicarnos cosas que me hacían pensar, aunque no supiera a lo que se refería en muchas de ellas.

—Ya estoy viejo, viví lo que tuve que vivir, aprendí lo que tenía que aprender. Mi generación se está acabando, pero ahora siguen ustedes.

Insistía en que no abandonáramos la escuela y así poder ser *alguien en la vida*, hacer cosas de provecho para no depender de nadie. Su voz era tranquila, me llenaba de paz. Cuánta razón tuvo mi abuelo en muchas cosas y qué tarde entendí su mensaje. Hasta años después me percaté que salir de mis circunstancias era una opción, aunque en ese momento parecía imposible. Lamenté inútilmente no haberme dado cuenta antes, pues la única forma de hacerlo era vivir la experiencia para entender el significado de sus palabras.

Muy posiblemente haber seguido con la escuela me hubiera regalado una mejor alternativa. Pero ¿cómo continuar si todo lo que me rodeaba me obligó a dejarla? Ninguno de los niños que escucharon sus consejos terminó la escuela.

Mi hermana Antonia tuvo suerte de haber muerto. Se salvó de lo que nos tocó vivir al resto. Con papá la vida era insoportable, absolutamente todo le molestaba de mí y conmigo, peor aun cuando empecé a ir mal en la escuela. No había forma de poner atención a la maestra si me levantaba tan cansada del trabajo de la milpa y en mi cabeza y corazón sólo estaban la tristeza y el dolor de todo lo que sucedía en casa.

Me gustaba aprender, pero poco a poco fui perdiendo el interés. Antes de tomar conciencia sobre el dolor que producía en nosotros, antes de sentirme triste, cuando sólo era miedo, llegaba emocionada a platicarle a papá cómo me había ido en la escuela.

—¿No tienes nada que hacer?, —preguntaba con la intención de que me fuera de ahí.

Yo inclinaba la cara fingiendo hacer algo y ocultaba mis lágrimas mientras dejaba de insultarme.

Las veces que regresaba de la escuela y él estaba en casa, revisaba la calificación de mis tareas. Era evidente mi distracción y desinterés, la maestra platicó conmigo, hizo prometerle hacer las tareas y estudiar, nunca preguntó las razones por las que no las hacía. No pude cumplirle, mi cabeza estaba día con día tratando de entender lo que sucedía en casa o tratando de olvidar las escenas de mamá corriendo para salvarse de un machetazo o de golpes, escuchar a Matías gritar cuando lo arrastraba del pelo entre las piedras, o salvarme de ser empujada sobre aquel rollo de alambres al que fuimos empujados todos alguna vez.

Sin mejora alguna, la maestra mandó una nota que guardé en la mochila dentro de mi libreta, la cual no pensaba mostrar a papá temiendo la terrible consecuencia. Llegué a casa angustiada ideando ingenuamente —como sólo puede hacerlo un niño a los once años— cómo librarme de un castigo. Él estaba acostado en su hamaca dormitando, traté de pasar por detrás para que no me viera, pero ya me esperaba.

—Dame la libreta, —dijo como siempre.

Se me fueron las fuerzas de las piernas y sentí mi corazón a punto de salir de mi pecho escuálido.

—¡Luz, Luz! Tráeme la soga que está colgada en la cocina.

No tuve oportunidad de meter las manos, alcancé a taparme la cara mientras azotó la soga con toda la saña que pudo sobre mi espalda mientras me insultaba.

Después de descargar su furia, aún con la cabeza gacha, los brazos apretados al pecho y mis manos en los oídos, abrí los ojos borrosos por mis lágrimas tratando de encontrar sus pies para saber si se había largado. Sólo así me arriesgué a moverme de lugar. Mamá estaba en la cocina, a donde había vuelto tratando de hacer algo para no ver lo que ocurría.

Nunca imaginé que todo aquello pudiera ser peor, que hubiera más cosas terribles. El sufrimiento cotidiano era una bomba de tiempo. No hay nadie que resista tanto.

DESPERTAR

Hablar de la costura y ponerse de acuerdo para vender, pensar entre las tres —mamá, Luz y yo— cómo ayudarnos para tener un poco de dinero para resolver algunas cosas del día, despertaba un poco de esperanza. El futuro no cruzaba por nuestras cabezas, estábamos centradas en las necesidades del momento. Nos dividíamos las tareas entre las tres y las ganancias eran para nosotras y mis hermanitos, ya fueran unos huevos, un refresco o algo de la deseada comida chatarra.

Todo aquello que se saliera de la siembra o de las actividades caseras tenía que hacerse a escondidas de papá. Ellas bordaban, yo me encargaba de correr a casa de Julia quien viajaba cada semana a la ciudad para vender los bordados en el mercado o a sus clientes. Para cobrarle la venta debíamos esperar dos días. Diez cuadras largas nos separaban de su vivienda, entre casa y casa había unos cincuenta metros de distancia y las calles eran vigiladas por los perros *malixes** dueños de éstas.

Al llegar a casa de Julia, escuché tras de mí el galope de la jauría de perros enloquecidos por el ruido de mi carrera, sentí que el corazón se me salía después de voltear y ver que venían hacia mí; los pies prendieron fuego y corrí desesperada hasta subirme a la mata de aguacate dentro de la casa a la que iba. El griterío en su patio llamó la atención de la señora, quien agarró la escoba para espantarlos mientras brincaban sobre el tronco de la mata tratando de alcanzarme. Después de que el último infeliz salió asustado por los gritos y escobazos, lloré desconsolada del susto y la vergüenza de mi miedo. No pude ni responderle cuando me preguntó qué había pasado, sólo agarré el dinero del bordado de mamá y caminé a casa, no sin antes agarrar una piedra y un palo por si aparecían de nuevo los perros.

Ese día algo sucedió en mi cabeza después del susto. De regreso un sentimiento de pesar se me atoró en el pecho transformándose en rabia. Por ir a cobrar ocho pesos para que mamá pudiera darnos algo de comer, después de trabajar como mulas en la milpa y no recibir ni un centavo, tuve que llevarme aquel susto terrible.

La felicidad de mamá por el pago y la de mis hermanos por saber que tomaríamos refresco y comeríamos pan se reflejó en sus caras al verme entrar. Mamá de inmediato me mandó a comprar un peso de tortillas, charritos, una barra de pan y el refresco. Con el dinero en la mano fui furiosa a la tienda y regresé de la misma manera, ese día no pude saborear el banquete como las veces anteriores. Ellos me esperaban bajo el árbol en los banquillos. Mientras mamá preparaba los tacos y un pan francés relleno de charritos yo sólo la miraba pensando por qué resultaba tan malo para papá lo que ella hacía por nosotros, por qué odiaba vernos tomando refresco o descansando, lo peor, vernos felices. No entiendo hasta hoy si toda su maldad era de un alma putrefacta o una forma de pensar. Quizá eran ambas cosas.

En casa no había pleitos entre hermanos ni entre hijos y padres, vivíamos sometidos a la voluntad de uno solo. Mi hermano mayor, Juan, dejó de ir a la escuela sin medir las consecuencias. Era su forma de rebelarse. De ahí pasó a robar, recibió una terrible golpiza, la peor que recuerdo propinada por papá, hasta pensé que lo mataba.

Una tarde los padres de alguna enamorada fueron a casa a decir que Juan les había robado. Cuando papá supo que no asistía a la escuela lo trató peor que a un animal, enterarse del robo fue una buena excusa para descargar toda su furia sobre él. Un minuto después que aquellos padres se fueran de casa, comenzó a pegar de gritos aumentando de volumen cada vez más mientras las venas de sus manos se hinchaban, señal de que irían a reventar en la cara o cuerpo de mi hermano. Después de una retahíla de amenazas e insultos vinieron los golpes y finalmente Juan terminó encadenado de los pies y amarrado con sogas del pecho y cintura al tronco del cedro.

—¡Esto es para que aprendas a respetarme!

Juan tendría quizá doce o trece años en ese entonces, lloraba en silencio para no ser escuchado y recibir más golpes. Mamá esperó paciente a que se durmiera papá para poder acercarse a mi hermano para darle de comer. Aprovechó dejarle un metal filoso con el que pudiera cortar la cadena después de haberlo desamarrado del cedro. Ella le ayudó a cargar la cadena de dos metros que traía en los pies y así pudiera brincar la albarrada para esconderse detrás de un árbol donde estuvo dos días completos limando la cadena hasta romperla. Papá nunca preguntó por él, ni dijo nada sobre levantar el castigo o tomarse la molestia de checar si seguía encadenado bajo el árbol.

Para evadir el maltrato que recibía casi a diario después de ese evento, Juan se largaba desde temprano todo el día y sólo regresaba a dormir. Entre él y mamá había un juego de sonidos como señal para saber si entraba o no a casa, si papá ya dormía o no. Así estuvo varios años, antes de los quince ya andaba borracho y fumando mariguana con sus amigos en las milpas vecinas y fue acusado de robos en muchas ocasiones.

JUAN

Papá, en una de tantas golpizas a Juan, debió matarlo.

Después de varios meses de ir solo a dormir, mi hermano comenzó a llegar temprano más seguido, a pedir comida. Papá no decía nada, todo parecía normal hasta que una noche se metió a mi hamaca diciendo que quería dormir conmigo mientras metía sus manos desesperadamente debajo de mi ropa. Sentí náuseas y repulsión, lo saqué de mi lado a empujones y patadas, se levantó furioso con los ojos rojos llenos de odio.

Por las noches lo sentía espiarme, así que apenas se iba la luz del día, salía rápido al patio a orinar y aguantar hasta el día siguiente al levantarme. Una noche de regreso, lo vi parado esperando como un lobo por su presa, quieto y callado fumando su cigarro; su mirada era extraña, no sólo de borracho, la forma de mirarme era muy desagradable, para mi instinto fue una mala señal. Corrí desesperada como cuando los perros quisieron morderme, él venía detrás tropezando; mi corazón se salía del pecho mientras buscaba un lugar para que no me alcanzara. Como un mono trepé a una de las matas altas del patio, él se quedó parado insultando al no poder subir porque estaba borracho; no tardó en largarse. Tras media hora de esperar, aún tenía terror de bajar y que en los cinco metros que separaban el árbol de la casa, apareciera.

No regresó, así que bajé de la mata y corrí lo más rápido que pude donde estaban todos menos él. Nadie se sorprendió de mi agitación, todos siguieron en sus cosas. Esperé hasta que mamá terminara de bordar y se fuera a dormir para acostarme.

Al día siguiente la noche estaba más clara. Salí a buscar el agua de mi baño, se alcanzaba a ver la lumbre en la cocina y me guie al pozo con la luz de la luna llena.

En los primeros cinco pasos mi estado de alerta se activó, paré de golpe al recordar el día anterior. No había visto a mi hermano en todo el día, aun así, apurada, crucé el pasillo que divide la casa de la albarrada. Juan estaba escondido en el fondo, casi junto al pozo, esperándome. Sólo escuché el golpeteo de sus pies sobre el lodo, corrió tan rápido sin darme tiempo de nada. Cuando vi que era él, ya me había jalado y cubierto la boca; tenía la fuerza de un toro pegando su cuerpo a mi espalda. Pasó en segundos. Grité, pero nadie pudo escuchar pues cubría con todas sus fuerzas mi boca con su mano sucia y rasposa. Inútilmente traté de zafarme de entre sus brazos y piernas que me apretaban con fuerza y me lastimaban.

—¡Cállate o te mato! Le diré a papá una mentira para que te pegue con todas sus fuerzas y a mis amigos que vengan por ti para hacerte lo mismo

Podía sentir su aliento que no olía a alcohol, hoy sé que era olor a marihuana.

Me sentí desmayar del esfuerzo por liberarme. Bajó mi ropa de un tirón y por detrás sentí un dolor que subió hasta mi quijada, clavándose en mis oídos que dejaron de escuchar, quemándome la espalda, llevándose la fuerza de mis piernas. Creo que perdí la conciencia unos segundos, morí en ese instante. Hubiera preferido que me apuñalaran el corazón.

No pude dormir del dolor que parecía no irse, sentía fiebre y malestar en todo el cuerpo; un malestar sin explicación. Quería arrancarme la piel o salirme de mi cuerpo. Acostumbrada al autoconsuelo, ese día no encontré ningún pensamiento que pudiera hacerme sentir mejor.

Ya casi amanecía, el dolor y las lágrimas seguían llegando so-los. Ninguno de los que dormían en ese mismo cuarto pareció darse cuenta tampoco esta vez, sólo uno sabía y fue quien más tranquilo durmió, a dos metros de mí. ¿A quién podía decirle? Papá me mataría a golpes, mamá no diría nada. Tenía tanta vergüenza.

Hasta hoy mi odio por Juan sigue intacto, tengo las mismas ganas de matarlo como aquel día que cambió mi vida. Para él —como para papá— lo único que tengo son pensamientos de venganza.

Juan es una persona con quien jamás jugué, y no tengo re-cuerdos felices con él, ni uno solo, menos después de aquello. Lo recuerdo como un animal, rebelde y maltratado.

Estaba en quinto de primaria. Ir a la escuela en estas con-diciones físicas y emocionales era un suplicio, cumplir con las tareas era casi imposible, así como participar en cualquier evento. Parece que mientras más crecía, la vida iba descubrien-do otras formas de hacerme sentir más miserable.

La salida

Puedo dividir mi vida en tres etapas: mi infancia hasta la separación definitiva de mis padres, la violación por parte de mi hermano y mi vida de casada. La separación de mi familia llegó cuando mamá se embarazó por sexta vez, dos años después del último intento por irse de casa. Las noches se volvieron un martirio desde el día que papá nos dejó dormir afuera a mamá, a Luz y a mí. Empezaba a sufrir fuertes dolores de cabeza acompañados de insomnio. Desafortunadamente ya no había manera de evitar escuchar lo que sucedía. Cinco meses antes de la separación definitiva, mamá dijo a papá que estaba embarazada. Estábamos todos acostados, quizá mis padres pensaron por la hora, que dormían sus hijos, sin embargo, Luz y yo estábamos despiertas escuchando.

—¿Sabes una cosa?, creo que estoy embarazada porque no me ha bajado —dijo mamá con voz temblorosa, casi tartamudeando.

—¿Coño, no te estás cuidando? ¿No fuiste por tus inyecciones al hospital?

—¡No me llevaste! Si salgo sola de aquí eres capaz de matarme.

A regañadientes se le salían los insultos para no despertarnos.

—¡Pues mañana mismo vemos quién te ayuda para que te lo saquen! La partera puede prepararte algo para bajarte a ese niño.

—¿Cómo puedes querer hacer eso otra vez? ¡Si es un ser humano! Lo mismo querías para Pedro.

Mamá, como siempre, obedeció a papá sin decir nada más; por la mañana fueron con la partera doña Elda a ver si sobándole la barriga le sacaban al niño. La señora acostó a mamá en una cobija extendida sobre el piso de tierra de su casa, después de revisarla dijo a papá que no se podía hacer nada.

—El bebe ya está bien agarrado, y parece ser, si no me equivoco, una niña. Si no la quieren me la regalan, pidió con emoción Elda.

Papá aceptó en caso de que no pudiera arrancársela de las entrañas. Regresaron a casa y enojado se fue a la milpa después de agarrar sus herramientas y decidido a cumplir su palabra. Así comenzó un infierno para mi madre.

Él le gritaba en nuestra cara que el bebé no era suyo sino de su amante y por eso esperó casi cuatro meses para decírselo. Desde ese día regresaba casi a diario borracho a golpearla e insultarla; la sacaba del pelo al patio con la punta del machete en la barriga y la obligaba a tener relaciones. Insistía en que le dijera la verdad. Enloqueció más durante los meses de espera, parecía estar convencido que ese bebé no era suyo, a pesar de que mamá jamás ponía un pie en la calle sin su consentimiento. Su mente enferma buscaba de inmediato alguna otra excusa: si ella no salía, entonces los hombres venían cuando no estaba.

El trabajo en la milpa se convirtió en jornadas dobles para ella, tenía que cargar costales de elote, huacales de calabaza, tercios de leña; la llevaba caminando los diez kilómetros a la milpa grande, obligándola a manejar el extractor de miel, aunque ella se quejara de dolor. Una vez quiso meterla al *jaltun** de la milpa a sacar agua; la única forma de hacerlo para no caer dentro y ahogarse es bajar colgado de una cuerda. Mamá se negó con mucho miedo y por eso me acerqué para decirle que yo sacaría el agua. Supongo que el hecho de que nosotros estuviéramos presentes en la casa o la milpa, le impidió matarla provocando algún accidente.

Ante la negativa de mamá para bajar al *jaltún*, se dio la media vuelta largándose al monte. Sólo se escuchaba el ruido del machete asestado furiosamente sobre la leña.

Hizo todo lo posible para que mamá perdiera al bebé, hasta conseguirlo, fui testigo.

Unos días antes de nacer mi hermanita, llegó de nuevo borracho a repetir lo que había hecho durante los cinco meses siguientes después de enterarse del embarazo: machete en mano, la jaló del pelo mientras mamá se cubría con las manos la barriga, para que no la lastimara. Nosotros cuatro estábamos parados llorando, Matías y Pedro gritaban, pero ninguno se acercaba por miedo a ser golpeados.

—¿Por qué quieres tener ese niño? No es mío, ¿no ves que es una carga para mí? ¡Si no soporto a los otros y traes a éste! Cuando vayamos al hospital le voy a decir a las enfermeras que se queden con él, y si no quieren lo vamos a dejar en el camino y nos largamos, pero ese niño no entra aquí.

Cuando dijo esto, se acercó a mamá para empujarla, lo hizo tan fuerte que ella fue a estrellarse con los costales de maíz desgranado aparragados en la pared, regándose por el suelo varios de éstos. Cayó de un sentón; agarrándose la barriga le suplicaba que la dejara. Estaba convertido en un demonio.

—¡Ahora recoge con la lengua todo ese maíz que ya regaste!

No pude aguantar más y me acerqué a abrazarla, papá se lanzó sobre nosotras con el machete, antes de levantarme sentí sus golpes en mi espalda y brazos con su puño. Cuando pude zafarme, me alejé rápido por el miedo y él, con todas sus fuerzas, le lanzó una patada directamente en la barriga. Mamá dio un grito de dolor y se desvaneció sobre las semillas regadas. La miró furioso, con la misma salió de casa y se largó. Nosotros, llorando, asustados, nos acercamos a ayudarla, pero no reaccionaba, Luz fue a avisar a mi tío, el hermano de papá que vivía a lado.

—No puedo hacer nada, es problema de ustedes, si le pegaron fue por desobediente, —respondió mi tío.

Cuando regresó Luz desesperada, mamá estaba reaccionando, pudo acomodarse sobre los costales y lloró amargamente. Por la madrugada despertó con malestares.

—Oye, no me siento bien, tengo calentura.

—Ha de ser normal, ¿no ves que ya va a nacer?, —le respondió papá.

Ese día mamá no se pudo levantar de la hamaca, Luz y yo limpiamos y cocinamos. Al regresar de la milpa por la tarde, ella le insistió en ir al doctor pues se sentía peor. No le importó, se metió a la hamaca con ella y le dijo que irían hasta mañana.

Nos levantamos con los quejidos de mamá. Lloraba diciendo que el bebé no se movía, el dolor de barriga y los temblores en el cuerpo por la fiebre asustaron a papá. Enojado, fue por un flete para llevarla al dispensario médico del pueblo; ahí le dijeron que algo estaba mal pues no se escuchaban los latidos ni había movimiento fetal. El doctor preparó los papeles y así pudieron trasladarla al hospital del pueblo.

Mis hermanos, Luz y yo, no teníamos dónde quedarnos, así que nos fuimos todos. En el camino papá la amenazó para obligarla a decir que si le preguntaban algo dijera que se había caído.

En el hospital subieron a mamá a una camilla y se la llevaron, un rato después el doctor salió a decir que no había nada que hacer porque la bebé estaba muerta.

—La señora dice que se cayó, pero la bebé tenía el frente del cráneo hundido. ¿Sabe usted qué pasó?, —le preguntó a papá.

Era un monstruo, no se inmutó, no tartamudeó, con todo el cinismo respondió que no sabía nada, que estaba en la milpa y al regresar mamá se sentía mal porque se había caído.

—Así que la llevé al dispensario en el pueblo y de ahí me mandaron para acá.

—Es raro, porque la bebé tiene días de haber fallecido, —comentó el doctor con duda.

—No sé nada. Ya le dije que cuando llegué se sintió mal y la traje acá.

El doctor no dijo más, papá entró por el cuerpo de mi hermanita, el cual nunca supimos dónde fue enterrado.

No pasó mucho tiempo después de esto, cuando mamá por primera vez retó a papá. Meses antes Luz se había escapado con su novio, Juan llevaba meses sin aparecerse y sólo vivíamos en casa Matías, Pedro, yo y mis papás.

El día que fueron a cobrar el dinero del programa de Oportunidades, mamá se lo entregó como siempre; pararon en la cantina por las cervezas y botana como cada dos meses. De regreso a casa papá insistía en que no le había dado todo el dinero. La única forma de saber si mamá decía la verdad sobre la cantidad, era revisando el recibo arrugado ya con uno de los números borroso. Fue a mí a quien preguntó de primero la cifra del papel, le dije lo que yo creí, no se veía bien. Insatisfecho preguntó a Matías quien dijo una cantidad diferente.

Con insultos empezó a gritarnos a ambos.

—Para eso les mando a la escuela, a que aprendan y no sean burros. ¿A qué van a la puta escuela?

Todos estábamos en la cocina, mamá, atenta a lo que decía papá, mientras hacía las tortillas, sin esperarlo se dio vuelta y escuchamos por primera vez que interviniera por nosotros hablando con firmeza, sin miedo; parecía tener ganas de sacar todo ese odio hacia papá que cargaba por dentro, estaba roja de rabia. Sentí mucho miedo, temor de que se levantaran los dos y se agarraran a golpes en nuestras caras.

—¡Deja de insultar a los niños, son mis hijos! ¡No son hijos de la calle ni son de cualquiera! ¡Ya me hartaste de todos los malos tratos que nos has dado!

—¿Te metes a defenderlos?

—¡Sí me meto, ya me cansaste, no son animales, son seres humanos!, respondió mamá con un grito intimidante, esta vez sin una sola lágrima.

—Tú no eres nada con tu palabra. Si quiero tiro en este momento a todos aquí en el piso y acabo con ellos de una vez.

Furioso se levantó y pasó de largo para irse a acostar. Mamá se quedó parada firme y segura en el mismo lugar, papá cerró con la tranca la casa. Los demás comimos en silencio en la cocina.

La expresión de ella cambió unos momentos después, sus ojos de nuevo reflejaron miedo, el valor de un rato se fue tras de él, le temblaban las manos y la boca. Me pidió que fuera a buscar a Luz, no sabía para qué, pero corrí por ella, vivía a unas cuadras de nosotros. Le dije rápido algo de lo que había pasado y regresé. A los cinco minutos de mi regreso se apareció Luz y mamá le contó lo que había sucedido.

—Tu papá amenazó con matar a todos tus hermanitos, ¿qué voy a hacer?

—Mamá vete de una vez, pero ya no regreses.

De casualidad en ese momento llegó la hermana de papá de visita y le contaron lo sucedido. Juntas planearon cómo sacar a mamá de ahí. Yo vigilaba la puerta para avisar si acaso se levantaba. La huida de mamá fue hasta el día siguiente por la noche. Nuevamente salió sin llevarse nada más que su rebozo. Verla partir me dejó un sentimiento de absoluta soledad y desamparo, fue como haber sido abandonada en un sitio peligroso.

Muchos años después, mamá me contó quién le ayudó y qué pasó después de haberse ido de casa, a dónde la llevaron a refugiarse sus hermanos. El único recuerdo que yo tenía fue verla salir asustada, a tal grado que no volteó a mirarme cuando escuchó el llamado. Cuando se fue, yo entré llorando a la casa y me acosté en mi hamaca. Tía Elidé, hermana de papá, fue quien avisó a la familia de mi madre; ella sufría cosas similares en su casa. Los hermanos de mamá llegaron la noche siguiente para llevársela a escondidas; después de ponerse de acuerdo, rentaron un flete para escoltarla hasta Texkal, donde vivía una de sus hermanas.

Papá no sospechó nada, se fue a dormir después de cenar y mamá fingió costurar en la cocina como solía hacer, esperando la señal del silbido. Eran como las diez de la noche, mis hermanitos ya dormían, yo estaba con ella, sin imaginar tampoco lo que iba a suceder.

A las tres de la mañana papá despertó para ir a la milpa, mamá no estaba en su hamaca; en voz alta comenzó a insultarla cuando revisó la cocina y tampoco la encontró ahí. Entró de nuevo a la casa a decir que me quedara con mis hermanos y los llevara con mi tía cuando me fuera a la escuela.

Una vez más papá creyó que ella regresaría después de ir a buscarla a casa de sus padres, sin embargo, al ir por ella con Matías para chantajearla, mamá no estaba.

Desde ese día comenzó a llegar borracho casi a diario, lloraba jurando que no volvería a pegarnos más, que la quería y necesitaba en casa. Nos levantaba temprano a los tres y con palabras amables nos pedía hincarnos en el centro de casa a orar a Dios para que perdone a mamá por sus faltas y además la traiga de vuelta. Yo a esas alturas no creía nada de sus palabras ni de sus lágrimas.

Desasosiego

Cuando se separaron, mis hermanitos y yo nos quedamos con papá poco más de un año durante el cual no vimos una sola vez a mamá. Como cada mañana, siguió llevándome a la milpa por un tiempo mientras mis hermanitos se quedaban con mi tía, la que vivía en el mismo terreno de nosotros. La escuela se volvió una tortura, como el resto de mis días. Dejé de prestar atención por completo, sólo pensaba en mamá; pedía permiso a cada rato para ir al baño. Dejé de entrar a clase, a veces me quedaba en la puerta o me iba a caminar por la calle.

Cumplido el año de no ver a mamá, llegó un citatorio a casa para que acudiera papá tras la demanda impuesta por ella, reclamándonos. Recién había cumplido mis catorce años. Yo le entregué el papel y pude ver la expresión de sorpresa en su rostro.

No acudió a ninguno de los citatorios enviados a casa posteriormente, sin embargo, se notaba desesperado cuando entendió que mamá iba decidida a pelear por lo que le pertenecía, comenzando con sus hijos. Pasaba más tiempo fuera de casa y una tarde llegó a decirnos que nos íbamos a separar. Ya había arreglado con sus conocidos repartirnos con ellos. Convencido de hacer lo correcto, nos dijo tranquilamente que iríamos a trabajar con esas familias a cambio de dinero para él. Nos pidió cariñosamente que —como jamás había hecho con alguno de nosotros— cuando estuviéramos ahí, nos portáramos bien y trabajáramos en lo que nos pidieran.

Escuchar eso, esparcirnos, separarnos, me hizo sentir algo horrendo. Ya no tenía las suficientes fuerzas para actuar y hacer algo por mis hermanitos o por mamá. En un momento deseé ser aquel hombre que papá dijo sería para poder defenderlos, imaginar a mis hermanitos indefensos me asfixiaba. Matías sería enviado con una señora dueña de un expendio de cervezas y no me agradaba nada el ambiente que rodeaba a esa familia. Cuando nos dijo eso, se me escurrían las lágrimas de angustia.

Al llegar a la escuela deseaba que las maestras se dieran cuenta de mi desesperación y sufrimiento, así podrían preguntarme, y yo contarles y me dijeran qué hacer, pero no fue así. No sabía si ser divididos de esa forma era algo bueno o malo, mi único deseo era no separarme de mis hermanitos.

Mi cabeza era un huracán, era una lucha asistir a la escuela, pensé en escaparme, preguntar a alguien en la calle cómo se llegaba al pueblo donde estaba mamá, pedir diez pesos para pagar el pasaje, o correr por el monte hasta llegar junto a mi madre y suplicarle se apure a rescatarnos pues papá quería vendernos, separarnos.

Todo sucedió muy rápido. Mamá sabía dónde estábamos y desde que se fue se dio a la tarea de hacer los trámites para recuperarnos. Esa misma semana envió a Juan hasta la escuela a decir que me escapara para encontrarme con ella. Estaba en el salón cuando avisaron que un güero me llamaba en la reja, era él. Dudé en ir por todo lo sucedido años atrás, sin embargo, le pedí a mi amiga que me acompañara. Juan estaba sucio, descuidado, flaco.

—Mamá está bien, haciendo todos los trámites para meter a papá a la cárcel. Vente conmigo de una vez y te llevo con ella, sé dónde vive.

Sentí una enorme alegría cuando supe que mamá nos buscaba, pero no podía irme con él, le tenía desconfianza, mucho menos sin mis hermanitos a quienes no podía dejar.

Acordé con Juan ver a mamá el día del pago del programa de Oportunidades y le pedí regresar a la escuela al día siguiente para darle una carta dirigida a ella.

Le escribí a mamá que deseaba estuviera bien y no se preocupara, yo saldría a buscarla, pasara lo que pasara, para poder estar juntas de nuevo:

> Papá no nos quiere, nos trata muy mal, sigue siendo el mismo diablo, deseo muera y se pudra en el infierno, tú y yo saldremos victoriosas de todo esto, me duele mucho que no estés conmigo. ¡Cuánta falta me haces! ¡No soporto estar con mi papá! ¿Por qué no me llevaste contigo? Ya le dije a Juan que voy a ir a verte, aunque papá me mate, llevaré a mis dos hermanitos e iremos por ti. Cuídate y está bien que te hayas alejado del demonio. Nos vemos pronto, te quiero.

Ingenuamente guardé la carta dentro de mi libro, olvidando de la emoción que papá registraba todo. No supe en qué momento descubrió la carta. Por la tarde, al llegar a casa, la leyó en mi cara rompiéndola después de terminar. Era claro el coraje contenido, me miró con cara de sorpresa como si jamás hubiera esperado algo así.

—¿Por qué me traicionas? Ay, hija, no lo pensé de ti, eras mi salvación. Eres la mujer de la casa, la única que se quedó, se fue tu hermana, tu mamá. ¿Quién me va a cocinar, a lavar la ropa, por qué me haces esto?

Yo estaba esperando lo de siempre, golpes e insultos. Ahí entendí cuál era la intención de portarse bien, de ser amable. Así no diríamos nada en su contra, él conocía las implicaciones de la demanda, el daño hecho por años era imperdonable.

—Por favor, no vuelvas decir eso, me duelen al corazón todos esos insultos de esa carta. Te pido te quedes conmigo y con tus hermanitos.

Supe que después de haber encontrado la carta, se la llevó a Luz para mostrarle todo lo que yo decía en su contra y a favor de mamá. Mi hermana, a pesar de todo, siempre estuvo de su lado, no fue en vano ninguna de las preferencias y diferencias entre ella y yo. Esa noche papá compró la cena e invitó a Luz a la casa; después de compartir, preguntó frente a ella quién estaba de su lado. No había terminado de hablar cuando Luz respondió que ella estaba con él. Papá se volteó hacia mí preguntando lo mismo; el miedo era muy grande, no sabía lo que podría suceder, respondí lo mismo que mi hermana. Por dentro mi voz gritaba cuánto lo odiaba.

Llegó el día del pago del programa de Oportunidades. Papá nos levantó, rezamos como habíamos estado haciendo desde que se fue mamá, pidiendo perdón por sus pecados. Terminando la oración nos alistamos todos.

Esperando en la esquina el autobús para ir por el pago sentía el corazón acelerado, no sé si de alegría o miedo por ver a mi mamá. Pensaba en lo que harían mis hermanitos cuando la vieran, en lo que sería de todos si lográbamos reunirnos con ella de nuevo. Deseaba infinitamente algo que me cambiara la vida.

Acercándonos a nuestro destino, sentí enormes ganas de orinar por el miedo de lo que pudiera pasar. Había una larga cola de señoras. Durante el tiempo que mamá estuvo fuera de casa, papá se encargó de cobrar bimestralmente el dinero.

Mamá había sido orientada sobre lo que tenía que hacer. Llegó mucho antes que nosotros. Después de hablar con la coordinadora del programa, ésta la acompañó junto a las personas que hacían los pagos, logrando que el nuestro se lo dieran esta vez a ella sin ningún papel, y no a papá quien a lo lejos la vio recibiendo el dinero. Corrió apresurado a interrumpir, mostrando los documentos que se negaron a recibir. Furioso les aventó los papeles insultando y exigiendo su derecho porque la señora —refiriéndose a mamá— se había largado hacía más de un año.

La gente se acercaba a husmear entre el griterío de mis padres, ahí mismo se hizo un careo, yo moría de miedo y mis hermanitos lloraban asustados. Luz llegó para llevárselos.

Me quedé paralizada esperando. Quienes hacían los pagos le pidieron el dinero de regreso a mamá para dárselo a él después de revisar los documentos; ahora mamá era quien levantaba la voz enloquecida exigiendo su derecho. Todo era un caos de gritos e insultos. La gente amontonada observaba el pleito. Alguien llamó a la policía para detener a papá que gritaba e insultaba amenazando con los puños a todos. Detenido a la fuerza por alterar el orden público, se lo llevaron con todo y el dinero del programa en su bolsillo, mismo que utilizó para pagar la fianza y salir libre unas horas después.

De la mano de mamá nos subimos al taxi para ir a casa de tía María, la hermana con quien ella estuvo viviendo todo ese tiempo. A mis hermanitos los volví a ver quince días después.

Las cosas ardían, fueron dos semanas de ir a atestiguar al DIF para recuperar a mis hermanos y alguna pertenencia.

—Tú solo di la verdad, no importa que llores, sé sincera —me aconsejaban mamá y tía María.

Hablé sobre el maltrato sufrido durante años por parte de papá; los gritos, amenazas a mamá con el machete y su rifle, los golpes a mis hermanos y a mí, les mostré una cicatriz de mi brazo y mamá mostró las de su espalda. Pude haber dicho tantas cosas, un sinfín de ellas. Mandaron a llamar a mi hermana, ella declaró en la siguiente cita todo lo contrario de lo que mamá había testificado.

—Ella tiene un amante, papá nunca le hizo nada —dijo, mientras lloraba amargamente la soledad de papá y la falta de alguien que lo atienda.

Ante toda la contradicción en las declaraciones, trajeron a Matías. En su inocencia, a pesar del chantaje de papá y Luz para que declarara a su favor, mi hermanito de diez años no pudo mentir, acabó diciendo la verdad, pero deseaba quedarse con papá porque él podía comprarle cosas. Ante la evidencia del maltrato un par de días después de testificar, el DIF mandó la orden escrita a la comandancia de policía para recuperar a mis hermanos y nuestras pocas cosas.

Dentro de mí sentí fortaleza, tanta como para ir por mis hermanitos sin importar lo que sucediera. Nos subimos a la camioneta de la policía y regresamos al pueblo. En ese momento supe que papá ya no tenía el poder.

Al llegar a casa no había nada ni nadie, se habían mudado. Imaginé que mis hermanitos estarían en casa de mi tía, la hermana de papá que nos cuidó durante el año mientras estuvimos solos con él. Nos recibió con insultos en contra de mamá. En medio del griterío aparecieron mis hermanitos ocultándose tras ella, que furiosa los empujó para meterlos. Los policías le mostraron la orden pidiéndole que no se resista o llamarían a los judiciales. Entre las discusiones de mi tía y los policías, mamá entró a la casa y sacó a mis hermanos, Pedro gritaba negándose a ir con nosotros, pidiendo a papá.

A pesar de todo lo bueno que estaba sucediendo, empecé a sentirme muy preocupada. Me bajaba el ánimo pensar en mamá y su sufrimiento al salir de casa definitivamente para empezar de cero, enfrentar la vida sola. Ahora, estando con ella sería más difícil, pues éramos cuatro personas por las que tendría que luchar, nosotros tres aún éramos unos niños.

Esta nueva pesadumbre empezó a martirizarme. Creo que a partir de ahí en mi cabeza arrancó una revolución imparable que me arrastra hasta hoy, no se detiene. Me enredo y desenredo cientos de veces ante la angustia de resolver un pasado que no logro arrancarme, un presente difícil y la tortura del futuro. Mi atención se centró en encontrar la forma de ayudarla.

¿Dónde están todos?

Fue sumamente difícil recuperarnos emocionalmente de la separación de mamá, de regresar con ella, de aquel día del pleito. Los trámites en el DIF y el ministerio público seguían en proceso para obtener una pensión fijada en menos de trescientos pesos mensuales y el reclamo de las propiedades. Papá le pagó a alguien para que se robaran los expedientes de la Fiscalía y todo el proceso de más de un año se extravió. También nos quedamos sin pensión. Astutamente, cuando papá se percató de la seriedad de las cosas y que había testigos en su contra, cambió el nombre de propietario de sus milpas, vendió todo, hasta la máquina de coser de mamá, y se largó. No volvimos a saber de él hasta muchos años después.

La emoción de estar juntos de nuevo se convirtió en un triste sueño. Las dos primeras semanas tía María nos ofreció comida y casa. No había hambre, sólo llorábamos. Las noches se llenaban de sollozos y gritos por las pesadillas de mis hermanitos. Mamá no dejaba de moverse en la hamaca sin poder dormir, pensando en qué iba a hacer ahora si no teníamos absolutamente nada.

Una de esas mañanas salimos en busca de trabajo, casa por casa. Con los ojos hinchados del llanto y la fatiga evidente, nadie nos ofrecía la oportunidad, lo que transmitíamos posiblemente era desconfianza, desgano; traíamos el alma en los pies. Caminamos mucho, dos, tres horas. Regresamos a casa de tía María con el ánimo en el suelo. Después de darnos de comer, seguimos buscando.

Así pasaron varios días hasta que ambas encontramos trabajo. Mamá lavaría ropa y trastes por veinte pesos y yo trastes en otro sitio, por quince. Nos organizamos para dejar a mis hermanitos en la escuela, ellos regresarían solos a casa.

Mamá continuó peleando por el terreno donde vivimos, fue lo único que pudimos recuperar.

Distintas religiones comenzaban a promoverse en Texkal con más insistencia que en años anteriores de cuando viví en mi comunidad natal. Ahora traían dinero para poder construir sus templos. La agrupación católica buscaba un terreno y así nació la idea de venderles nuestra propiedad. Fuimos al Palacio para asesorarnos sobre todos los trámites necesarios para la venta y nos recomendaron a un abogado llamado Javier, el mismo que nos atendió cuando se estaba resolviendo la división de propiedades. Acompañé a mamá a verlo, en esos días estaba haciendo su gira para proponerse como candidato para presidente municipal por lo que fuimos atendidas por su asistente, un licenciado que prometió ayudarnos.

El licenciado pidió una serie de papeles que conseguimos apuradas en el transcurso de la semana para llevárselos. Mamá no pudo salir de su trabajo ese día y me mandó a mí.

A partir de esa fecha el hombre salía con una serie de pretextos, sólo me hacía regresar una y otra vez a su oficina, hasta que en una de esas visitas comenzó a insinuarme cosas. Se me revolvía el estómago. Las primeras veces logré escaparme, pero me chantajeó.

—Me gustas mucho. Deja que te bese, no seas malita. Si no me haces caso voy a cancelar todo y no van a poder tener nunca una casa.

Salía mortificada de su oficina pensando que, si no le obedecía, todo se pondría peor. La situación económica era grave, los cuarenta pesos diarios ganados entre mamá y yo eran insuficientes. Tía ya le había dicho a mamá que buscáramos otro lugar para vivir. En su casa estábamos, además de su familia, nosotros cuatro.

En una de las citas con el licenciado, decidí seguirle la corriente, le dije que sí le haría caso y sólo así comenzó a ver los trámites. Desde ese día me seguía a todos lados, se bajaba de su bicicleta para caminar a mi lado diciendo que se quería casar conmigo. Me compraba manzanas y cosas para llevar a casa, yo sentía una enorme repulsión, me era completamente desagradable. Lo único que deseaba eran los papeles necesarios para vender el terreno y ya.

Cuando mamá podía ir a ver los trámites, el licenciado le ofrecía mandar dinero conmigo la próxima vez que yo fuera y así pudiera comprar cosas a mis hermanitos y a mí. El señor espiaba a Matías, lo interceptaba en la calle y le daba cosas para llevar a casa. La necesidad nos obligaba a aceptar todos los regalos.

Ir a su oficina era un suplicio, siempre en vano porque los trámites parecían no avanzar. Sus comentarios e insinuaciones cada vez subían más de tono. A veces cuando tenía que ir a su oficina, me pedía llegar a la hora cuando ya no había nadie, cerraba las puertas y hacía la finta de estar trabajando en su computadora. Por lo general, al llegar, me paraba en la puerta asqueada y temerosa, desde ahí le preguntaba sobre los trámites. En esa ocasión me dijo que ya estaban casi listos los papeles, sentí una punzada de felicidad y cierto alivio, hasta pasé a sentarme. Se levantó de su lugar y se paró a mi lado acercándose demasiado, la sangre se me bajó a los pies al sentirlo tan cerca, pero la idea de salir corriendo posiblemente haría que todo se cancelara. Fue horrible sentir que estaba en sus manos, sin escapatoria. Me dio los papeles para leer, los revisé sin entender, pasaba la vista por ellos pensando qué hacer para salir huyendo de ahí sin arruinar el trámite. El licenciado comenzó a pasarme su mano por los hombros y la espalda, mientras me decía con su boca desdentada que le gustaba mucho y quería acariciarme. Las vascas me vinieron y traté de disimular, pareció no importarle. Me abrazó.

—¿Qué está haciendo?, —le pregunté asqueada y tratando de hacerme a un lado.

—Acepta que nos casemos, así le va a ir mejor a tu familia, tengo un rancho, no les va a faltar nada, —me dijo acercando su boca a la mía.

—Mejor lo vemos luego, —le respondí y me levanté apresurada.

Aun después de esa ocasión me vi en la necesidad de regresar otras más, el proceso estaba detenido de nuevo. La gente me veía entrar a su oficina, cerraba la puerta sin importarle nada. Me convertí en la comidilla de quienes trabajaban ahí; también escuché de ellos sobre los *modos* del licenciado con todas las muchachitas que por necesidad caían en su oficina solicitando ayuda, aunque ninguna le hiciera caso.

La última vez me citó tarde. Cuando llegué ya no había nadie, me dijo que tenía el dinero del terreno en la bolsa, listo para entregármelo. Tuve un mal presentimiento. Después de sentarme, de inmediato se acercó y comenzó a acariciarme besándome a la fuerza, sentí tanto asco, forcejeamos porque quería acostarme en el piso, traté de resistirme. De nuevo me vinieron las ganas de orinar presintiendo lo peor, por mi cabeza cruzaban mis angustias, entendí en segundos que me había tendido una trampa, que todo lo había planeado. Cerraba mis ojos llorosos pensando en el bienestar de Matías que seguía estudiando, en mi mamá que tenía que lavar tanto sólo por veinte pesos para sobrevivir cuatro personas. Estaba atrapada, acorralada, sola. Logró tirarme al piso apretándome con el enorme peso de su cuerpo, no podía zafarme, bajó mi ropa e intentó violarme. Con todas mis fuerzas y gritando logré escabullirme.

—¡Te voy a acusar! —le grité levantándome apresurada, llorando.

—Nadie te va a hacer caso, —respondió con sarcasmo.

Levantó del piso su asqueroso cuerpo y me dio el dinero, lanzándolo sobre su escritorio. Lo agarré y salí corriendo.

Llegué a casa a llorar, cuando fui al baño tenía manchada mi ropa de sangre, no quise pensar qué pasó. No sé, no sé. Fue algo feo, momentos horribles de la vida. Se lo dije a mamá y al día siguiente fuimos de nuevo a la Fiscalía a poner una demanda contra el licenciado. Una vez más, el poder hizo de las suyas. Era una persona acomodada por un político, rodeado de conocidos en las instituciones, corrupto. Le pagó a los judiciales y no pasó a más. En la Fiscalía me dijeron que lo olvidara, porque eso nunca sucedió. Jamás se presentó a las citas.

Ya no quise regresar a ver ningún trámite, mamá fue al día siguiente y a ella el abogado Javier le entregó los papeles que faltaban.

Para mi mala fortuna, vivíamos en el mismo pueblo.

El acoso no paró. Nadie parecía darse cuenta de las señas asquerosas que me hacía cada vez que se cruzaba a propósito en mi camino.

Los católicos nos dieron seis mil pesos por el terreno. En casa nos pusimos muy contentos, mamá reflejaba una inmensa alegría en sus ojos. Tía nos puso de inmediato en contacto con sus familiares para conseguir una casa. Casi una semana después alguien ofreció un jacal de dos por dos metros que mamá agarró de inmediato. No teníamos nada. Nada. Tía consiguió dos hamacas usadas, una para mamá y la otra para nosotros tres. La primera noche que pasamos ahí, teníamos mucho miedo. Los recuerdos de la vida con papá cayeron en las cabezas de todos, dentro de la oscura choza parecía que en cualquier momento iba a aparecer papá con su rifle para matar de un plomazo a alguno de nosotros; era el miedo aprendido. Pudimos dormir sólo con la luz encendida después de poner la tranca y cerrar todo. Para salir al baño había que caminar unos cinco metros, tenía tanto miedo que prefería meter una cubeta para orinar ahí, me daba pavor salir, temía tanto por nosotros, dos mujeres y dos niños solos, indefensos en una casa.

Fue una época de pobreza extrema. Cada uno contaba con una muda de ropa, mamá regordeta, usaba el hipil regalo de tía, de complexión delgada. Comíamos en el piso, estábamos anémicos, muy delgados, sufría de mareos al levantarme. Bebíamos el agua que chorreaba del cartón del techo de un baño improvisado con maderas amarradas con bolsas de plástico. Después de juntarla en un cubo, en una ropa se colaba intentando quitar la basura y tierra del cartón.

Las pesadillas no me dejaban dormir, papá venía y me clavaba un cuchillo todas las noches. Al paso de los días empezó a reflejarse el insomnio en mi cuerpo. No podía concentrarme en nada; el ruido era insoportable para mis oídos, lloraba por todo. Los dolores de cabeza ya no se iban, estaba muy débil, con mareos por la falta de comida. Llegó el asma, tenía que colgarme de la hamaca cuando no podía respirar. No podía vivir un día en paz, disfrutar de la luz de la vida, me dolía pensar en los síntomas de mis hermanitos.

Algunas veces libramos alguna comida metiéndonos en los velorios o las novenas celebradas a los muertos. Ahí aprovechábamos el café y galletas que son repartidos después de los rezos. Esto mismo lo hice varias veces con Luz, cuando papá no dejaba dinero para la comida; mi hermana y yo llevábamos una bolsa para guardar y llevar comida extra para mamá y mis hermanos. Ambas hacíamos el amago de rezar, repetíamos las oraciones como todos para recibir la comida.

A la siguiente semana de estar solos en nuestro jacal corrieron a mamá de su trabajo, ahora tendríamos que depender de mis quince pesos. Ella lloraba desconsolada todo el día lamentando no tener su máquina de coser, diciéndonos que no sabía qué iba a hacer. Tía nos ayudaba con un poco de comida. Matías, con once años, entró a trabajar a una zapatería, ahí le pagaban diez pesos.

Era septiembre de 2002 cuando llegó Isidoro, con el huracán la punta de la mata de *chóoch* cayó sobre el techo abriendo un agujero, volaron algunos huanos. Estuvimos más de una semana remojados en agua, para cocinar usamos pedazos de bloques, levantando una base donde pudiéramos prender la candela. Tía fue quien nos ayudó con algunos huanos que yo misma coloqué como pude en el techo para tratar de repararlo.

Mamá entró en un estado de profunda tristeza, se veía vacía. Empezó a descontrolarse, me dejaba sola con mis hermanitos, no nos decía nada, se iba por las noches con una señora. Yo no sabía si sentirme molesta o desesperada. Una noche se me ocurrió seguirla, no habíamos comido en todo el día. Caminé ocultándome tras ella como cuatro cuadras, hasta que se paró a platicar con un señor conocido de papá. Sentí un golpe frío en la cara, me ardió el pecho y los ojos se me llenaron de lágrimas de rabia. Él se estaba aprovechando de la situación, sabía que mis padres se habían separado. Ella sonreía mientras se bebía el refresco que le habían comprado, entre tanto, nosotros no teníamos que comer. Me di la media vuelta y corrí a casa a decirle a Matías y a tía.

En la mañana las escuché peleando después de ser interrogada sobre lo que estaba haciendo. Matías estaba furioso, le dijo que la odiaba. Terminando de hablar entre ellas, vi a mamá salir al patio por un bejuco para pegarme, no pude moverme, desquitó su enojo y me dio hasta el cansancio.

—Esto es por chismosa. Ese señor con quien me viste no es mi querido, sólo me estaba ayudando a localizar a tu papá para llevarle un citatorio.

—Perdóname mamá, yo no dije nada, sólo pensé muchas cosas cuando te vi y me preocupé por ti y por mis hermanitos, —dije llorando.

Mientras se desquitaba con los golpes, volvieron a mi cabeza los maltratos de papá. Ese día pensé por primera vez que definitivamente nadie me había querido ni me querrían nunca. Me sentí completamente sola.

Recién había cumplido los quince años. Mi necesidad de escapar del sufrimiento empezaba a ligarse al deseo de hacerlo con alguien, huir como habían hecho varias muchachas, irme con el primero que me dijera cualquier cosa bonita.

¿Amor?

Entre mis idas y venidas del trabajo, apareció Marco. El vecino de quien no me percaté hasta que intencionalmente comenzó a sentarse en la puerta de su casa para mirarme bonito. Me gustó, lo encontré guapo y comenzamos a sonreírnos tímidamente.

Cada mañana se peinaba en la puerta de su casa que estaba frente a la mía, esperando a que yo aparezca. Los *buenos días* y el *¿ya te vas a trabajar?* se hicieron frases de rutina. No sé desde cuándo me observaba, parecía saber con detalle mi hora de entrada y salida, coincidíamos a diario.

Suspirando en el trayecto de ida y vuelta al trabajo, me preguntaba qué pensaba de mí. En pocos días el mariposeo del estómago empezó a hacer de las suyas. Poco a poco Marco fue ocupando más tiempo en mi cabeza.

El primer pensamiento al despertar era él arreglándose el pelo. La emoción me llenaba de energía y ánimo para hacer mis cosas, lidiar con mamá y trabajar. Toparme con él ya fuera en la mañana o por la tarde, hacía que las horas del día o de la noche pasaran volando; el cansancio después de una jornada de trabajo parada más de diez horas lavando platos fue sustituido por el mariposeo de mis tripas, sacándome alas en los pies para volver a casa corriendo a toda velocidad.

Al mismo tiempo, el licenciado no me dejaba en paz, salía a esperarme en cualquier esquina por donde pasara. Con sus palabras desagradables, me acosaba y seguía en su bicicleta mientras yo caminaba apresurada a casa. Tenía tan presente a Marco en la cabeza, que a veces olvidaba por completo que aquel individuo que arruinó gran parte de mi existencia podía aparecer en cualquier momento y me perseguiría hasta mi casa. Una vez ahí se la pasaba merodeando como perro que saliva al ver a su presa, cruzaba una y otra vez frente a mi puerta, lo veía largarse hasta que se le diera la gana. Yo me escondía dentro de casa y cerraba todo, acechando entre las rendijas de la puerta para saber en qué momento dejaba de pasar para salir a platicar con Marco. Él veía todo lo que sucedía, pero durante el tiempo que nos tratamos no preguntó nada.

La declaración de amor llegó más de un mes después de saber de él. Fue la primera persona en decirme cosas lindas y hablar sobre su deseo de visitarme como novio. Se acercó cuando regresaba de cobrar mi sueldo un sábado por la tarde; al momento de declararse interesado, me miró a los ojos y ante el sonrojo, a pesar de nuestra piel morena, extendió su mano para agarrar la mía que retiré de golpe, sorprendida.

Sus gestos reflejaron un poco de vergüenza por mi reacción tan brusca, pero aun así me pidió nervioso hablar con mamá para visitarme en casa. Después de un impulsivo *no sé, me va a regañar*, quedamos en esperar a que ella regresara. Fui a trabajar al día siguiente pensando si debía anticiparle a mamá algo o si era mejor que Marco llegara de sorpresa. Decidí anticiparme.

—En la noche va a venir una persona a hablar contigo.

—¿Quién es y para qué?, no vayas a salir con que estás coqueteando.

Lo imaginé, sabía que mamá reaccionaría mal. Mejor no respondí nada y me fui a hacer mis cosas. Entrada la tarde oscura, llegó Marco con bolsas de comida en las manos, mamá al verlo pidió de inmediato que pase. La situación económica en casa aún no mejoraba, era muy difícil, en ocasiones no había qué comer, en otras muy poca comida para los cuatro. Se saludaron y ella fue por la cubeta para poner de mesa y disfrutar de lo que había llevado.

Durante la cena, Marco solicitó el permiso para visitarme. Mamá no titubeó un segundo en aceptar. Fue vergonzosa la forma tan desesperada de acceder después de haber preguntado cortante y enojada quién era y que quería tan solo unas horas antes. ¿Cómo acepta tan fácil si no lo conoce? ¿Qué le pasa? Parecía no preocuparse por nada.

Se despidió muy formal de todos, caminamos a la calle, Marco se veía muy contento. Antes de darme el primer beso en la boca abrió los brazos como si fuera a volar envolviéndome en un abrazo al que accedí con nervios. En el instante hizo la promesa de quererme y hacerme feliz. Honestamente yo no entendía mucho de lo que estaba pasando, para mí no había una diferencia en mis sentimientos antes y después del permiso, no fue algo que me hiciera sentir más contenta. Marco me gustaba mucho, sin embargo, no tenía la menor idea de qué significaba tener novio.

Me trataba muy bien, como nunca nadie. Con el paso del tiempo fue imposible no quererlo. Empecé a entregarme emocionalmente, a encariñarme. Tristemente la ilusión duró sólo cuatro meses.

Al salir del trabajo, me alcanzó en su bicicleta el licenciado. Esta situación cada vez me desquiciaba más. Quería jalarme el pelo y pegar de gritos por no saber de qué forma quitarme a ese tipo de encima. Tenerlo cerca era insoportable. Durante el camino hablaba solo, yo jamás respondía nada, mi cara quedaba rígida conteniendo la rabia y absoluto desagrado. En esta ocasión se bajó de la bicicleta tapándome el paso.

—¿Sabes?, me gustas demasiado. Quiero casarme contigo ¿Por qué no me aceptas?

—¡Déjeme en paz!, ya le dije que no quiero, —grité con todo mi odio.

Las personas que cruzaban por ahí voltearon a vernos, mas nadie se acercó.

—Sabes bien que sí quieres, además no se te olvide que me deben mucho dinero. No se te olvide que gracias a mí tienes casa.

Quise pasar a un lado, pero me jaló del brazo y trató de besarme. Hubo un forcejeo para lograr zafarme. Matías a lo lejos alcanzó a ver lo sucedido. No se acercó y fue directo a decirle a mamá que me estaba besando en la calle con el licenciado. Unos diez minutos después llegué a casa llorando, deseaba por dentro con todas mis fuerzas que ese hombre desapareciera. Mamá me recibió con un doloroso jalón de pelo, obligándome a caminar junto a ella varios pasos para no perder mi cabello de un tirón.

—¿Qué andas haciendo? ¿Por qué te andas besando con ese tipo en la calle? ¿Qué acaso no tienes novio? Me dio dos bofetadas.

—Mamá ese señor no ha parado de molestarme. Ya le dije muchas veces que me deje tranquila, en paz. Me sigue a todos lados para decirme sus cochinadas, me amenaza con que le debemos mucho dinero por la ayuda para conseguir la casa.

Hubo un silencio. La cara de enojo por la que me estampó dos bofetadas pasó a cara de sorpresa y luego rabia, la misma que ponía ante la impotencia de no poder desquitarse de papá. Quedamos en ir a demandarlo.

A primera hora del día siguiente estábamos ambas en la Fiscalía. Nos dijeron que le enviarían el citatorio —hoy que lo pienso quizá nunca lo mandaron por tratarse de él— y como la vez anterior, no se presentó. Aun así, tuvo el cinismo de llevarme a casa una serenata estando borracho, mamá se levantó furiosa a decirle que se largue y a pedir ayuda con los vecinos para que alguien fuera por la policía.

Marco observaba desde su ventana. Por la mañana, cuando salí para irme al trabajo se acercó a preguntar quién era, le relaté brevemente de dónde había salido aquel hombre y que ya habíamos puesto una demanda. Marco pareció estar tranquilo con mi explicación, ese mismo día por la tarde llegó a casa con un nuevo regalo para mí. De su pantalón sacó una gargantilla de oro y la colocó en mi cuello. Me sentí contenta de que todo continuara bien.

Dos días más tarde, llegando a casa después del trabajo, quien estaba en la puerta esperando era la hermana de Marco; fue a decirme en tono amenazante que dejara en paz a su hermano, y que haber recibido la serenata de un viejo me hacía una cualquiera.

Estaba consternada, por un momento me ardió la cara de vergüenza como si todas esas cosas fueran ciertas. Sin decir nada entré de nuevo a casa. Esa noche Marco no llegó a visitarme ni nunca más. Días más tarde, la hermana regresó a casa esta vez a pedirme la gargantilla que devolví de inmediato. Sentí que mi mundo de nuevo se venía para abajo, fue un sufrimiento distinto. Me concentré en el trabajo.

OFICIOS

La crisis nos estaba ahorcando. Tía consiguió un nuevo trabajo para mí, era tres veces a la semana por treinta pesos. Cuando inicié en esa casa lo único que sabía era lavar platos y parte
de las nuevas cosas por hacer era limpiar baños, la cocina,
planchar; no tenía la menor idea de cómo hacerlo. Nunca había visto una plancha y mucho menos estado en una cocina
enlozada, en un baño con inodoro. El día que la señora de la
casa —una maestra de primaria— me pidió planchar su ropa,
le dije que lo haría al día siguiente y así tener oportunidad de
preguntarle a tía cómo hacerlo.

Con la plancha en mano, aún después de la explicación, lista
a alisar la ropa de los hijos de la señora, no supe qué hacer y
quemé varias prendas. El miedo que toda mi maldita vida ha
corrido por las venas ante las reprimendas por hacer las cosas
mal, una vez más hacía de las suyas. Según yo, para que la
maestra no se diera cuenta escondí las ropas debajo de todas
las demás, en el fondo del mueble donde estaban amontona-
das. Tardó dos días en darse cuenta.

—¿Qué le pasó a la ropa?, —dijo con calma.

—Maestra discúlpeme, se lo voy a pagar. ¿Cuánto valen? ¡Le
compro otras, por favor!

—¿Por qué lo escondiste?

—Tuve mucho miedo de que usted me regañe.

—Me gusta la honestidad, que seas sincera, —dijo con voz
tranquila.

No pude creer que no fuera un regaño, nadie me había corregido de forma amable desde que tuve razón.

Tuve que planchar el uniforme de su hijo. Intenté alisar los pliegues, pero no pude, la tela empezaba a pegarse a la plancha de nuevo. Ante mi tardanza, la maestra entró al cuarto enojada y me la arrebató de las manos.

—Quítate de aquí, ¿no ves que tiene prisa mi hijo?¡No sirves para nada!

Me hice a un lado.

¡No sirves para nada! Me pareció estar escuchando a papá. Entré al baño a llorar pensando otra vez *no valgo nada, no sirvo para nada, todo lo hago mal, todo lo hecho a perder.* Después de desahogarme, regresé a mis actividades que traté de hacer con cuidado para no fallar, eso era hacerlo casi en el doble del tiempo.

Fueron una tortura las tres semanas que estuve ahí, más aún cuando comencé a recibir el acoso de su marido. Él notaba mi miedo. Si la maestra salía de casa, su esposo no perdía oportunidad de acercarse y sin rodeos me ofrecía dinero a cambio de acostarme con él.

—Anda, no te hagas del rogar, no te voy a hacer nada, sólo quiero abrazarte y ya. Con el dinero puedes comprar algo para tus hermanitos y para tu mamá.

La situación en casa era tan crítica que por un momento sentí la tentación, misma que se esfumó al recordar lo que le reproché a mi madre: no quería ser juzgada de la misma manera. Le dije al señor que lo haría al día siguiente.

Salí del trabajo y no volví al otro día ni después. Camino a casa sentí la punzada de angustia en el pecho de llegar y ver que mis hermanitos no habían comido y yo estaba de nuevo sin trabajo, sin dinero. Matías y Pedro jugaban afuera, habían comido en casa de tía. Sentí que me quitaba un peso de encima, si los hubiera encontrado sin comer, regresaba con el señor. En mi bolsa traía dos pesos justos para comprar en la tienda mi almuerzo y cena de ese día, una barra de pan francés acompañada de agua, la que alcancé a recoger del cartón del techo del baño.

La maestra fue a casa varias veces a pedirme que regresara, trataba de convencerme, dándome consejos sin pedírselo. Me negué rotundamente.

Estuvimos como dos meses en la más deplorable condición. Nuevamente tía, preocupada por nosotros, me consiguió trabajo en una tienda donde la señora era muy exigente. Ahí conocí a Daniel, un muchacho tres años mayor que yo.

Me visitaba en la tienda y eso disgustaba a la dueña. A diario llegaba preguntando por mí y la hija de la señora decía en voz alta con tal de que su mamá lo escuchara:

—¡Un muchacho está buscándote!

De inmediato la señora me daba la orden con voz cortante de preparar tortas y después matar y limpiar los pollos de la venta.

Daniel se quedaba en la puerta paciente, esperando algún momento para poder platicar y la mayoría de las veces no era posible. Parecía no darse cuenta de la molestia que causaba a la señora y a mí. A la salida me acompañaba a casa y mamá se veía feliz porque compraba cena para todos.

Como a los quince días de ese nuevo trabajo y del nuevo enamorado, mamá dijo a Daniel que invitara a sus papás a la casa para formalizar nuestro noviazgo, pedir mi mano y fijar la fecha de la boda. Yo no sentía nada por él, mucho menos después de la decepción del primero. A mí nadie me preguntó si quería o no, accedí como siempre a lo que mamá planeaba con mi futuro novio.

Llegaron una tarde sus padres a pedir mi mano. Es costumbre traer algo de comer, ellos llegaron con pan, chocolate, café, azúcar y cajas de refrescos. Se fijó la fecha para fines de junio. Nunca sentí nada por él. Planeé aceptar la formalización del compromiso para escapar de mamá, así no tendría ya ninguna autoridad sobre mí. El tiempo que duró la relación hasta antes de comprometerme me sirvió para pensar de qué manera podía yo huir después de haberme casado y así librarme también de Daniel.

El muchacho entusiasmado llevaba cosas de su casa a la mía, una mesa, sus discos y equipo de sonido que dejó hasta que el compromiso se deshizo. Me trataba muy bien, hacía planes ilusionado, llevaba flores. Al mes de formalizar el noviazgo llegó con un anillo al trabajo; le había dicho repetidas veces que no fuera más ante las malas caras e indirectas de la dueña. Pareció no importarle, ese mismo día salí a la puerta de la tienda para pedirle que se fuera.

—Ya te dije que no vengas ¡me van a volver a regañar! ¿Por qué insistes en venir?

—Vine porque es un día especial ¡Te quiero con todo el corazón!, —dijo emocionado sacando un anillo del pantalón.

—Espero te ajuste y sea de tu agrado, —dijo agarrando mis manos entre las suyas.

La señora y su hija nos miraban, sentí arder mi cara de vergüenza, quedé muy nerviosa, distraída, no pude prestar atención a lo que continuó diciendo pues la señora me miraba furiosa. Agarré el anillo y cortante le dije que nos veríamos en casa, él insistió en regresar por mí.

Fui al mostrador y la señora se acercó a decir que me fuera.

—Personas como tú no merecen trabajar, sólo se dedican a los novios y no se hacen responsables del trabajo, agarra tus cosas. No quiero verte otra vez por aquí.

Furiosa, regresé llorando, quería y no llegar a casa, porque mamá me iba a regañar.

Horas más tarde llegó Daniel emocionado, pareció no darse cuenta de mi distracción y frialdad al recibir el anillo.

No alcanzó a abrir la boca cuando le grité que por su culpa había perdido mi trabajo. No dijo nada, sólo me miró asustado.

—La señora se enojó y no quiere que regrese. ¿Ahora qué le voy a decir a mi mamá?

Después de un rato prometió ayudarme a buscar otro trabajo. El enojo me duró varios días, estaba furiosa. Por las mañanas, al levantarme y recordar lo sucedido, me hacía rabiar, llorar y maldecir en voz alta.

—¡Lo odio! Lo odio. Por su culpa perdí mi trabajo y además mamá me obliga a casarme con él.

Desde ese día lo hacía esperar en la calle hasta que se me diera la gana de salir a la visita. Eso le dio oportunidad a Matías para acercarse una tarde a él y repetir todo lo que escuchaba desde el día que no regresé a mi trabajo. También le puso a la historia algo de su cosecha sobre mi desamor, agregando que mi interés era su dinero.

Daniel no dijo nada, entró a casa sin mirarme, recogió las cosas prestadas para nuestra comodidad y desapareció. No supe más de él hasta muchos años después que nos topamos en la calle y muy amable se acercó a preguntarme por qué no había querido casarme. No pude responderle, sólo nos reímos.

VESTIR SANTOS

Tía logró instalarnos a mamá y a mí en un mismo lugar de trabajo y mucho mejor pagadas. Ahí la señora me enseñó a limpiar, sacudir y trapear, mientras mamá fue contratada para cuidar a su suegra. Entre los dos sueldos teníamos a la semana doscientos cincuenta pesos. Económicamente empezamos a recuperarnos.

Juan venía de vez en cuando a casa a comer, hasta que en uno de esos llegó con Estela, su nueva novia, y preguntó a mamá sí podrían quedarse con nosotros. Nos acomodamos seis en el jacal como pudimos, compramos trastes y algunas cosas que necesitábamos.

Eran quizá las seis de la tarde, Estela y yo regresábamos de la tienda cuando apareció Francisco al otro lado de la calle. Era un desconocido que clavó sus ojos en mí de tal forma que traté de verlo de reojo. Hizo una señal de saludo con la cara, el cual no devolví. Nos siguió todo el trayecto hasta la tienda y después desapareció.

Días después, llegó Matías con una carta de Francisco donde preguntaba mi nombre y si podía platicar conmigo. Ya tenía dos amargas experiencias y no quería enredarme en lo mismo. Le respondí con otro nombre y le seguí el juego. Matías se encargó de llevar y traer nuestras cartas.

Un poco después, empezó a acompañarme con cualquier pretexto a donde fuera o me esperaba en la esquina a la salida del trabajo.

—¿Será que pueda hablar con tu mamá para visitarte en tu casa?

—Pues habla con ella si quieres, —dije, a pesar de no sentirme entusiasmada con la idea.

Sin pensarlo mucho esa misma tarde habló con ella; mamá, una vez más, aceptó sin titubear. Era indudable su desesperación porque me casara con quien sea, ya tenía casi dieciocho y para ella no había tiempo que perder. Sólo quince días después de haberle dado permiso para visitarme salió con la idea de ser el momento para formalizar el nuevo compromiso.

—Dile a Francisco que venga con su familia para fijar la fecha de la boda, ya tienes casi dieciocho, te tienes que casar.

Prueba de amor. No pasó un mes de estar visitándome cuando salió con ello, me negué. Sentía repulsión cada vez que insistía, se movían en mí los peores recuerdos. El sexo era algo que no cruzaba por mi cabeza, era una idea aniquilada en mis pensamientos.

—No tengas miedo, no pasa nada, ya te dije que nos vamos a casar.

Pero no sólo era eso, había una cortina de hierro que me impedía pensar en una relación sexual como algo agradable.

Un jueves a las siete de la noche llegó con su papá y su hermana a pedir mi mano. Trajeron pan, café, leche, azúcar y refrescos. El señor llevaba puestos unos lentes oscuros que no se quitó, a pesar de la hora y de estar dentro de casa, traía rota la ropa y una gorra negra en la cabeza. No tenía idea de cómo era su familia.

Mamá de nuevo se veía muy ilusionada. Los recibió con toda amabilidad. Comenzaron a hablar entre ellos del motivo de la visita. Una vez más estaba ahí mirando la escena sin que nadie me preguntara qué era lo que yo quería. Escuchaba lo que decían y mi cabeza era un remolino, mamá nuevamente, sin preguntar a quién entregaba a su hija, aceptó el trato. Me sentí como el día en que papá nos reunió a mis hermanitos y a mí para informarnos que nos repartiría con otras familias como si estuviéramos en venta. Mamá estaba haciendo lo mismo, pero no dije nada.

Me repetía lo mismo todas las semanas sobre el deber casarme pronto, sabía que ya no tenía lugar en mi casa. Estábamos en abril, y fijaron la fecha de la boda para fin de año.

Después de terminar la relación con Daniel, mamá me insultaba y gritaba por cualquier cosa, le enfurecía verme salir a la calle, más aún comprometida con Francisco.

—Ni se te ocurra mirar o hablar con alguien. Por eso ninguno se ha quedado contigo, —repetía.

—¿Por qué cada vez que alguien viene a decirte que quiere casarse conmigo nunca dices no?, —pregunté molesta.

—¿Sabías que a los dieciocho una mujer se debe casar? No puede quedarse a vestir santos.

—¿Por qué es tradición?

—¡Porque yo me casé a los quince y tú ya tienes dieciocho!, —gritó.

No había manera de hacerle entender que no quería casarme. Bajé una vez más la cabeza y me fui de ahí.

Yo no lo quería, cuando llegaba a visitarme siempre lo hacía esperar para salir, tardaba todo el tiempo del mundo bañándome, vistiéndome o cocinando. Nunca dijo nada, esperaba paciente.

Me atormentaba el momento de la visita, la insistencia de tener relaciones disfrazando todo de amor y promesas, me daba asco y miedo. Su insistencia me recordaba al esposo de la maestra que quería acostarse conmigo.

Evitaba pensar para quitarme la sensación de desagrado. El día que mencionó *tener relaciones* el coraje me subió del estómago y con toda brusquedad me volteé sorprendida y molesta.

—¿Qué dijiste?, —dije mirándolo furiosa a los ojos.

—¿Qué te pasa? Tranquila, no te enojes...

Se dio cuenta de mi molestia y dejó de insistir.

Unos días más tarde, regresando del trabajo, el licenciado me cerró el paso. ¡Por Dios! ¡De nuevo este hijueputa! Tratando de acelerar el paso, quise alejarme, pero él iba en su bicicleta.

—Aracely, la persona con la que te estás metiendo tiene antecedentes penales por violación a una menor.

Por un momento dudé, sin embargo, sabía que esta persona era capaz de cualquier cosa por continuar haciendo mi vida imposible. No le creí.

—Si no me crees ve a mi oficina y te muestro todos los documentos. Ve, no te voy a hacer nada, por tu bien, quiero que vayas a la oficina, juro que no te voy a tocar ni a mirar si no quieres. Es más, ve cuando yo no esté y le pides el expediente a la secretaria, léelo y verás que no es mentira.

Definitivamente sembró la duda. Pasaron varios días, hasta que me arriesgué a ir. El corazón se me salía del pecho entre el miedo de regresar a la oficina del licenciado y saber la verdad. Hablé con la secretaria y le dije que iba de parte del licenciado por un expediente. De inmediato se paró a buscar los papeles, trajo una carpeta y me la entregó. Leí parada el documento, decía que Francisco fue sometido por las autoridades y trasladado al juzgado penal por violación a una menor. En ese momento se derrumbó todo, la sangre se me bajó a los pies, tuve ganas de vomitar; estaba acorralada. ¿Y ahora qué hago si al parecer la única alternativa es casarme porque mamá ya no me quiere en su casa? Miles de cosas cruzaron por mi cabeza, si violó a una menor...

No terminé de leer por las vascas y el mareo que me dieron. ¿A dónde voy, Dios mío?

Devolví los papeles a la secretaria y salí de ahí confundida. Caminando lo más rápido posible, llegué hasta la primera tienda que encontré para sentarme a pensar: "No quiero ir a mi casa, Francisco va a llegar y mamá me va a obligar a hablar con él".

Estaba entre cuatro paredes de nuevo. Sin otra alternativa regresé a casa.

A las seis llegó Francisco. Me ganaban las inmensas ganas de quedarme dentro de casa, no quería verle la cara. Esperó sentado pacientemente quince minutos hasta que decidí salir. Mi cuerpo se negaba a acercarse y tocarlo, mucho menos darle un beso en la mejilla como ya era costumbre.

—¿Qué te pasa?, —preguntó asombrado.

—Nada, estoy extremadamente feliz, —le dije sarcásticamente, mientras la rabia me comía las entrañas.

—Tranquila ¿Qué te pasa? ¿Qué te hizo tu mamá?

—Lo que todo el mundo me hace.

—No te entiendo.

—Nadie me entiende.

—¿Llamo a tu mamá para que me explique qué pasa?

—¡No! ¡Por favor, no lo hagas!

Cometí un grave error. Mi miedo fue el arma perfecta para manipularme y empezar a controlarme desde ese momento.

Le daba vueltas a todo lo que leí sobre él, no sabía si decirle o cómo hacerlo. ¿Cómo le digo sin que sepa que fui hasta esa oficina?

—Francisco, ¿has tenido algún problema con la autoridad, has estado en la cárcel?, —las manos frías me sudaban.

Una amiga me dijo que violaste a una persona, le pedí que me acompañe al penal para saber si era cierto. Fuimos, el expediente decía tu nombre y de lo que se te culpaba.

Francisco tenía su brazo sobre mis hombros y al escuchar la acusación me soltó, se quedó callado y sorprendido.

—Yo no hice nada, una muchacha me echó la culpa cuando la violó su novio.

—¿Y por qué no me lo dijiste?, —reclamé.

Después de un breve silencio respondió la cosa más tonta que se le ocurrió.

—Porque tú también me has mentido, ¡no me dijiste tu verdadero nombre cuando nos conocimos!, por tu culpa empezamos nuestro noviazgo con mentiras.

Mi lengua tenía un nudo, quería decirle que se largara, pero no pude cuando me acordé de mamá, a quien le dije todo lo sucedido después de que Francisco se fuera preocupado de la casa un rato después. Por supuesto, lo primero que salió de su boca fue repetirme una vez más que ¡un compromiso no se rompe!

—¡Aunque sea un asesino!, —gritó.

—¿Te das cuenta dónde estás metiendo a tu hija?, mamá te desconozco. ¿Qué te está pasando?

—¡No me hables así!, —respondió con una bofetada.

Esa noche me acosté llorando, la cabeza me daba vueltas, no pude descansar pensando en qué iba a hacer, y por qué me había tocado vivir todo esto.

Los cuatro o cinco meses siguientes me mantuve en el trabajo junto con mamá en casa de la maestra.

Francisco entró a trabajar de policía y así poder juntar dinero para la boda. Desde el día en que supe su historia, andaba distraída en todos lados, sin concentración, la mirada empezaba a perderse en el infinito de mis angustias y recuerdos.

Saliendo de trabajar una tarde, regresaba a casa en la bicicleta con terribles dolores de cabeza de tanto dar vueltas y vueltas a lo mismo desde hacía cinco meses. No me fijé que el chofer de la camioneta que estaba estacionada sobre la carretera abrió la puerta para bajarse y sin tiempo para reaccionar, me estrellé en el auto lastimándome el brazo. Francisco fue quien me auxilió junto con sus compañeros de trabajo y me llevaron al hospital.

TE VOY A QUERER

—Quiero comprarte algo y también a tu familia. ¿Será que le pregunte a tu mamá si te da permiso de ir a la corrida o nos vamos sin decirle?

Deseando que no me dejaran y que pasara algo para no ir, le respondí que le pidiera permiso.

Llegué a casa para bañarme, Francisco parecía desesperado. Se fue a la suya y no tardó en regresar por mí.

—Buenas noches, querida suegra, —dijo bromista a mamá que se ponía feliz cuando la adulaba.

—¿Será que pueda llevar a Aracely a la corrida?, además quiero comprarles unas cosas para traerles, dijo plantando un beso en su mano.

Mamá recibía muy bien cualquier tipo de atención. A casi veinte años de vivir con papá encerrada en su casa, sometida a sus órdenes, con la presión de los chismes del pueblo, las adulaciones le sentaban bien. Así que no titubeó en darnos permiso para irnos solos a la corrida.

Del pueblo al lugar donde sería la corrida de toros hay 19 kilómetros de distancia. En menos de media hora estábamos comprando dos lugares del palco para la corrida. Me dejó unos minutos sola y regresó con seis cervezas de lata en una bolsa. Abrió una para mí.

Tuvimos una pequeña discusión porque traté de negarme, le insistí que nunca había bebido, no me gustaba y además mamá me iba a regañar. Con sus justificaciones sin sentido me presionó, me sentí obligada a beber toda la lata y con esfuerzos logré terminarla. Todo el tiempo me miraba esperando el momento de acabarla.

—¿Ya terminaste?, preguntó más de cinco veces. Apenas me acabé la primera, me ofreció otra.

—Ya no quiero, Francisco.

—Una más y ya, tómatela.

Tenía un poco de náusea, con temor me negué. Sin titubear comenzó a chantajearme y no me quedó más remedio que aceptar. Alcancé a darle unos sorbos antes de empezar a sentirme mal, mareada. Puse la lata a un lado y me aparragué en el tablado. Era obvio mi malestar, Francisco agarró mi lata y de un sorbo consumió lo que le quedaba.

Le pedí que nos fuéramos, sólo quería acostarme en mi hamaca mientras se me pasaba el malestar. Nos fuimos de inmediato, él estaba muy cariñoso e impaciente. El taxi de regreso nos dejó a unos cien metros de mi casa, debíamos caminar una brecha oscura. Las únicas luces visibles eran las que alcanzaban a salir de las tres casas de esa cuadra. Francisco pasó su brazo por mi espalda y, caminando en silencio, justo en uno de los tramos más oscuros, me jaló y empezó a besarme bruscamente, sus manos ansiosas y toscas me apretaban hasta lastimarme.

—¿Qué te pasa? ¡Déjame!, —lo empujé.

—Aracely, yo te quiero, nos vamos a casar, vamos a tener relaciones.

—¡Suéltame!, —insistí empujándolo hasta donde me permitía el miedo y el alcohol.

Se le salieron un par de insultos del enojo.

—Seguro no quieres porque no eres virgen. Es verdad lo que me ha dicho el licenciado sobre ti.

Sentí un escalofrío en el cuerpo. ¿Qué le habría dicho ese imbécil? Me temblaban las piernas de miedo, que Francisco supiera algo de lo que me hizo el licenciado, como si hubiera sido la responsable. No pude decir una sola palabra.

Era un hecho, ese tipo también se acercaba a Francisco a llenarle de cosas la cabeza en contra mía. Ante la frustración de no lograr disolver mi compromiso aun sabiendo sobre los antecedentes penales, fue a buscarlo hasta el palacio municipal donde trabajaba de policía para decirle que él y yo íbamos a casarnos apenas cumpliera los dieciocho, pero por su culpa todo entre nosotros se había terminado. Eso no fue todo, también inventó una serie de cosas que no supe hasta seis meses después de casarme, haciendo de mi matrimonio un verdadero infierno.

Me sentí acorralada, ¿será que en ningún lado pueda estar con un hombre que me cuide sin tener otras intenciones?

Francisco intentaba besarme y metía sus manos por debajo de mi ropa, mientras yo me resistía. Todo pasó de nuevo muy rápido, me bajó la ropa a la fuerza obligándome a acostarme a un lado del camino, sobre la tierra; no tenía fuerza por el alcohol.

Sin resistencia lloré mientras terminó de hacer lo que necesitaba, él me subió la ropa, yo estaba paralizada y sin fuerzas, muda. De pie pude sentir el polvo pegado a mi pelo y mis piernas, así caminé aturdida hasta mi casa. Francisco entró como si nada para entregar los regalos a mamá que los recibió feliz. Sin mirar a nadie pasé de largo y fui directo a mi hamaca. Acostada boca abajo comencé a llorar amargamente, no me preocupó que los demás escucharan mis alaridos.

—¿Y ahora qué carajos lloras?, —dijo mamá.

—¡Déjame en paz!

—Deberías estar feliz porque te vas a casar.

—Sí, claro. ¡Estoy muy feliz!, —mi voz salió de entre los dientes que apretaba de rabia.

Desde ese día Francisco ya no tenía que pedir permiso para ir a cualquier lado, mamá cedió todos los derechos sobre mí.

Llegaron las fiestas de diciembre, la boda se aplazaba. Tuvo que dejar su trabajo de policía después de sufrir el ataque de un borracho. Amaneciendo el 25 de diciembre, llamó a la puerta su hermana Edith para avisar que se encontraba grave y lo habían trasladado a la ciudad de Mérida. Entré a casa asustada a decirle a mamá lo que estaba pasando.

—Dios mío, pues cámbiate de ropa y vamos a verlo.

—Me duele mucho el estómago, tengo cólicos, —le dije como pretexto para no ir.

—Cámbiate, que tal si se muere y su última voluntad es verte.

Obedecí. Llegamos a Mérida. Era la tercera vez que viajaba a la ciudad, ninguna de las dos —por supuesto— sabía dónde quedaba el hospital a donde lo habían trasladado; luego de preguntar agarramos un camión urbano que nos dejó en la puerta. Sus familiares esperaban por noticias de algún médico.

Francisco recibió una puñalada tratando de evitar una trifulca; de un tajo le cortaron parte del estómago e hígado, las probabilidades de morir eran muy altas. Cuando llegamos aún estaba en el quirófano.

Honestamente yo no sentía la menor preocupación ni tristeza. No me dolía. Fue como si no se tratara de él. No me salió una sola lágrima, mamá buscó un lugar para sentarse y envuelta en su rebozo lloró desconsolada. Por más que traté de sentir pena y fingir unas lágrimas, no pude. Un rato después ella se acercó para decirme que debía quedarme. Se fue sin más, dejándome sola en el hospital, todos los familiares se fueron al mismo tiempo. Nadie dejó un peso para mi regreso o para comida. Sentí que mamá sólo me obligó a ir para dejarme ahí.

Después de varias horas, la mayoría de la gente que esperaba noticias de sus enfermos empezó a irse. ¿A dónde se irán? No quería quedarme sentada en el piso frente a la puerta donde otros comenzaron a aparragarse, sólo así se me ocurrió preguntar si había algún lugar donde quedarme. Justo a espaldas del hospital había una casa antigua, descuidada, sin muebles, con excepción de dos catres, algunos hamaqueros, ahí se albergaban todos los foráneos que traían a sus familiares al hospital. No tenía que pagar nada, la gente dormía sobre cobijas en el piso. Me ofrecieron un catre.

Por la mañana la señora encargada de la casa, a quien inocentemente conté que la familia de Francisco se regresó a Texkal y yo me quedé a esperar noticias, me dijo que si fuera mi madre jamás me hubiera dejado ahí en una ciudad que no conozco. En el transcurso del día caminé varias veces a la entrada del hospital esperando ver a alguien, nadie llegó. Tampoco podía entrar ni recibir informes por ser menor de edad.

Mis tripas se comían entre ellas, estaba mareada y sedienta. En la puerta de la casa me recibía la señora con una sonrisa, en uno de mis regresos me preguntó si había comido, negué con la cabeza. Un rato después llegó con una torta que devoré.

Por la tarde en una de mis múltiples vueltas encontré a Edith.

—¿Dónde te estás quedando?, preguntó.

—En una casa que está detrás del hospital, es para la gente que viene de fuera, —respondí de mala gana.

—Ahí vas a estar bien, vas a ver.

—Entre gente extraña no creo. Ni en mi casa me siento segura, aquí menos, —respondí molesta.

Ella se rio con sarcasmo y se fue. Mamá no regresó y a la hermana de Francisco sólo la vi un par de veces más. Ahí estuve siete días de los cuales ninguno pude entrar a ver al herido.

Los días siguientes sobreviví con la comida ofrecida por la gente que llegaba a dormir y me veían vagar sola o sentada horas y horas sin hacer nada, sólo esperando.

Me daban ganas de largarme de ahí y perderme en la ciudad, pero el miedo a que fuera a resultar peor me detuvo. Como siempre, acabé en la resignación, esperando lo que tuviera que venir.

Los cohetes, gritos y música de festejo a la medianoche del 31 de diciembre fueron un golpe a mi soledad, no pude resistir llorar arrinconada en aquella casa. Extrañaba aquel festejo, nunca hubo uno en casa, lloraba por estar ahí sola, abandonada por todos.

El 2 de enero llegó de nuevo Edith a preguntarme si quería ver a Francisco.

Entramos juntas, él tenía sondas por todos lados, oxígeno, suero. Fue deprimente entrar a ese hospital que rebosaba de enfermos quejándose, adultos y niños mezclados, llantos, gritos de dolor, voces de familiares consolando a sus enfermos, médicos y enfermeras caminando y platicando en voz alta como si no hubiera dolor y cansancio en ese lugar. A lo largo de los pasillos había camillas pegadas una tras otra con más enfermos. Era un lugar sucio, sin orden o algo que diera la confianza de que ahí uno pudiera salvar su vida. Francisco estaba en terapia intensiva, un espacio un poco más desahogado. Sentí terror.

—¿Cómo estás?

—Pensé que jamás te volvería a ver, —dijo mientras se le chorreaban las lágrimas.

—No te preocupes, vas a estar bien.

—Cuando salga te prometo casarnos. Qué bueno que viniste.

—Llevo siete días aquí sola, —dije.

Miró sorprendido a su hermana, que no dijo nada.

Unos días después le dieron de alta, regresamos en un taxi a Texkal, que lo dejó en su casa y a mí en la mía. Esperaba ver alegre a mamá al estar de vuelta, pero no fue así. Cuando me vio llegar lo primero que hizo fue correr a ver a Francisco. Sólo en esa ocasión lo visitó. Los días de convalecencia, iba apurada a casa de tía a cocinarle para mandarle comida conmigo.

La boda

A media mañana de un martes, dos meses después de la violación de Francisco, estaba con mamá limpiando la casa de una maestra cuando llamaron a la puerta. Eran él, su papá y Edith.

—Venimos a buscar a Aracely para ir al Registro, necesitamos sus papeles, —dijo Francisco a mamá.

—Ve con Francisco a buscar los papeles, —me dijo sin disimular la desesperación.

—¿Qué papeles?

—Papeles para hacer los trámites en el Registro civil.

—¿Qué Registro, para qué?

—¿Cómo para qué? ¡Para que se casen!

Los tres llegaron en una camioneta blanca que rentaron ese día para facilitar las diligencias, me subí con ellos. Francisco estaba enojado, con la vista al frente sin detenerse en nada, ni a mirarme. Cuando se dignó a decir algo fue para avisarme que nos íbamos a casar en unos minutos.

Recogí los papeles y regresamos a casa de doña Amira para seguir trabajando. Cincuenta minutos más tarde, Francisco y su familia regresaron por nosotras para ir al Registro civil donde nos esperaban tres testigos a quienes yo no conocía. Ahí decidieron entre cuchicheos a quién decirle para que fuera el cuarto testigo. Edith preguntó a una persona que estaba sentada si aceptaba atestiguar; ésta accedió. Una vez completos, inició la ceremonia.

—¿Aceptas, Francisco, como esposa a Aracely?, hubo silencio, no respondió, parecía un sordo, tenía la cabeza gacha sin darse cuenta de que le llaman.

La abogada preguntó de nuevo y la respuesta fue el mismo silencio.

Yo no sabía qué estaba pasando, no entendía por qué estaba enojado, por qué la boda tan apresurada; en la oficina del Registro civil se sentía un ambiente incómodo ante la falta de respuesta de Francisco.

—Muchacho, si viniste aquí supongo que es porque quieres casarte y deberías responder con alegría que sí, —le dijo la abogada. Dudando, él asintió con la cabeza.

La abogada después me preguntó a mí. Dije que sí a todo. Firmamos las actas —mi sentencia— luego los testigos y después mamá que inmediatamente salió de ahí para regresar al trabajo.

Casados por lo civil nos fuimos del Registro a su casa.

La familia de Francisco vivía en un terreno dividido en cuatro partes, la casa de su padre, las de sus dos hermanos y la de él. La pieza era de 4 por 4 metros hecha de bloques con techo de láminas y piso de tierra, una sola ventana y la puerta de entrada. Dos bloques sueltos que nos sirvieron de asiento y una cubeta para usar de base de mesa, un ropero en la esquina y en la pared de la ventana su hamaca enrollada eran todos los objetos que había dentro.

Llegué ahí para quedarme, con la ropa que traía del trabajo, la misma de la boda en el Registro y nada más. Volví a casa al día siguiente a recoger mis cosas, que no eran muchas.

Camino a nuestro futuro hogar, no dijo en el trayecto una sola palabra. Entré tras él y me quedé en la puerta mientras fue por su hermana para mandarla a comprar comida. Como si yo no estuviera ahí, Francisco se quedó platicando con su papá dentro de la casa de éste hasta que regresó Edith. Entramos a la nuestra con la comida y unos trastes que pidió prestados.

—Esto es lo que hay de comer, —me dijo en tono serio poniendo en mis manos las cosas de una forma grosera.

Yo no había preguntado ni pensé hacerlo para evitar que se enojara más. Me senté en uno de los bloques y serví la comida. Fue un almuerzo en absoluto silencio como aquellos en la milpa con papá.

Para mí aquella seriedad y enojo sin razón aparente era normal, papá, durante toda nuestra vida juntos, llegaba enojado y grosero. Bien había dicho mamá: *si el hombre está enojado no le hables, tampoco lo mires a los ojos*, aprendí bien la lección. Lo extraño era que entre nosotros no estaba la felicidad que acompaña un matrimonio recién celebrado, el festejo de una boda civil o religiosa, la luna de miel, la muestra de afecto entre los recién casados.

Terminando nuestro primer almuerzo, me dio mucha rabia la forma de ordenarme que lavara los trastes para devolverlos a su padre. Tenía una punzada en el pecho por la necesidad de llorar y en mi cabeza comenzaba una nueva batalla: cómo iba a aguantar toda una vida aquello, si en tan solo dos horas de matrimonio ya sentía el deseo de salir huyendo.

Caminé a la puerta de casa de su hermano y pedí un poco de agua. De regreso Francisco dormía plácidamente en su hamaca. Yo preferí sentarme en el bloque junto a la puerta, sin entender y con un sentimiento de desconsuelo. Así llegó la noche, cuando Francisco despertó salió a orinar al patio, aproveché entrar a la casa.

—Tú duermes en el piso, —dijo aun sin que le hubiera preguntado.

Asentí con la cabeza.

Acostada bajo la hamaca traté de dormir sin conseguirlo, me dolía la espalda. Sólo pensaba en la razón de sacarme del trabajo para casarnos, firmar papeles y luego tener que soportar esa situación.

—Oye no puedo dormir aquí, me duele la espalda.

—Voy a bajar un rato para que te acuestes y mañana temprano vas a tu casa a buscar una hamaca.

A los veinte minutos cambió de idea.

—¡Bájate de la hamaca no puedo dormir en el piso por mi operación!

Acostada de nuevo en el piso lagrimé en silencio hasta que amaneció, me levanté muy cansada.

La misma posibilidad de salir corriendo parecía imposible: *a las que les va peor si huyen es a las mujeres*, repetía mamá. Después de ver lo que tuvo que soportar cuando dejó a papá, no me cabía la menor duda de sus palabras. Siendo esposa entendí, el dolor se volvió una lucha entre lo que estaba viviendo y lo que vi en la película de la vida de mamá. La sensación de soledad me atormentaba como a mis ocho, mis once, mis quince años, sin nadie en quien confiar.

El segundo día de casados tuvimos la primera discusión, fui tarde a comprar comida y no alcancé. Francisco comenzó a insultarme y me atreví a responder que no era mi culpa.

—¡No me contestes así! ¡Cuando yo te hablo sólo escucha! Me jaló del brazo y forcejeamos un poco hasta que logró llevarme junto al ropero, me metió en él y cerró con llave.

Oscuridad total.

Encogida, abrazando mis rodillas, sólo con el sonido hueco de mi respiración dentro del mueble, no recuerdo mucho de la cantidad enorme de cosas que pasaron por mi cabeza producto del terror. Escuché que llegó su hermana.

—¿Y Aracely?

—Salió a comprar.

La clave de un matrimonio es tratar de no enojar a tu esposo, decía de mi madre. ¿Qué podría significar que él estuviera todo el tiempo molesto? La única explicación era que, una vez más, yo estaba haciendo mal las cosas. Traté de hacer el menor ruido mientras lloraba por temor a un castigo peor. Cerré los ojos para no ver la oscuridad que me asustaba, por un momento dejé de escuchar el ruido de mi llanto que siguió hasta terminar el castigo.

Dos horas después, el ruido de la llave sonó en la cerradura y de golpe entró la luz de la tarde cegándome por un momento.

—Ahora haz el favor de obedecerme para evitar otro castigo.

Esa misma noche quiso tener relaciones. No fue amable. Con una orden dijo que me quitara la ropa, yo ingenuamente pregunté para qué.

—¿Cómo para qué? —Me jaló del brazo hacia él y me arrancó la blusa mientras lloraba aterrada y sin resistirme.

—Vamos a tener sexo, eres mi mujer. Tienes que complacerme ¿o tienes otro hombre?

Sentí un hilo caliente corriendo entre mis piernas, no alcancé a llegar al patio. Quería salir corriendo y gritar por auxilio, el cuerpo me temblaba. Mi ropa interior quedó mojada; cuando sus manos llegaron a ella empezó a reprochar una serie de cosas estúpidas como creer que la humedad vino por estar pensando en otra persona.

—A lo mejor es también una infección y las mujeres sólo las agarran cuando han estado con alguien.

Quedé muda, me sentí sucia. Él se sació como un animal.

Llorar nunca me ayudó en nada, es más, empeoraba la rabia, parece ser que a nadie conmovían mis lágrimas, ni a papá, a Juan mi hermano, Luz, mamá, el licenciado y ahora Francisco.

La segunda discusión fue la oportunidad para huir y fui incapaz de verla. No quise ir a comprar, pero su enojo me hizo pensarlo mejor, a pesar de que el dolor de cabeza era terrible. Cambié de parecer.

—Si pones un pie en la puerta no regresas a esta casa.

Aún no me explico cómo en lugar de largarme ante la oportunidad, confundida me senté en la puerta. Lloraba desconsolada, cosa que desquició a Francisco; desesperado se acercó a darme una bofetada. Mi reacción fue jalarlo y abrazarlo suplicando dejara de lastimarme. Pensé que eso lo calmaría, pero su respuesta fue un empujón y una patada en la espalda, el dolor me dejó un rato en el rincón donde caí.

Como si nada pasara, se acostó en su hamaca mientras yo seguía llorando sin poderme controlar. Lo vi acercarse y levantar la mano para soltar otro golpe, pero esta vez respondió mi odio, el de una súplica por compasión ignorada, humillada. Me paré en busca del cuchillo que dejó él sobre la piedra que nos servía de asiento; Francisco vino tras de mí, no le di tiempo de ponerme de nuevo las manos encima, sin la menor duda puse la punta del cuchillo sobre su estómago.

—¡Pégame si eres tan hombre! ¡Anda!

Se quedó paralizado ante mi furia y sólo alcanzó a ponerse las manos en su herida para dar la vuelta insultando e irse al patio donde se quedó un rato observándome. Ya más calmada solté el cuchillo, en cuclillas junto a la puerta me cubrí los ojos y en unos segundos ya estaba junto a mí, jalándome de la ropa.

—Hijueputa ¿Qué quisiste hacer con ese cuchillo?

—¡Matarte!, —grité.

Forcejeamos de nuevo, yo era un perro rabioso buscando su mano y con toda la furia que sentía clavé mis dientes hasta tener el sabor metálico de su sangre en la boca. Con los ojos desorbitados y sorprendido por el dolor, cubriendo con la otra mano la herida de su estómago temiendo ser lastimado, jaló de golpe la que yo traía en la boca y caminó apresurado hacia la puerta para largarse.

Confidencia

Así pasaron los meses. En mi cabeza sólo estaba la pregunta de cómo solucionar mi vida, nunca pensé si estaba bien o mal. Creí en ello como lo cotidiano, sin embargo, el dolor vivido todos los días y la imposibilidad de huir una vez más se empezó a meter a mi cuerpo. Aparecieron terribles dolores de cabeza, el médico solicitó una tomografía, pero no contaba con el dinero, razón por la que pedí apoyo al presidente municipal quien se portó amable y confirmó su ayuda acompañándome al servicio de psicoterapia que se ofrecía en el palacio.

Dos psicólogas trabajarían conmigo y así a través de ellas recibiría el dinero. Asistí a cinco sesiones de terapia; me escuchaban atentamente y hacían preguntas sobre mi pasado y con algo de trabajo fui hablando un poco sobre mi historia, de hecho, la última actividad sugerida fue escribir "esa" parte de mi infancia en una carta, romperla en dos pedazos y llevarla así a la siguiente sesión que fue la última después de lo que ahí sucedió. Con el dolor de tener que traer cosas de nuevo a mi memoria, pero con la esperanza de poder sentirme mejor, hice la tarea.

Revivir cada escena del pasado mientras escribía, hizo explotar todo tipo de sentimientos en mi pecho volviendo los dolores de cabeza insoportables. Era una sensación de estar muerta por dentro, cargada de traumas y frustraciones. Fui a la cocina a prender la candela cuando logré terminar la carta que dejé sobre la mesa unos minutos para esconderla antes de que llegara Francisco, dentro de las libretas donde suelo escribir mi vida.

Llegó sin avisar, era la forma de asegurarse que no estuviera desobedeciéndole, entrar y revisar que nada fuera extraño, que todo esté en su lugar, comenzando conmigo encerrada en casa haciendo las labores. Desafortunadamente la carta fue lo primero que encontró sobre la mesa, traté de arrancar de sus manos los dos pedazos de papel, desesperado los unió y devoró leyendo mientras yo sentía desfallecer, el corazón se me salía del pecho. Las facciones de su cara pasaron de un gesto burlón a un gesto serio, hasta transformarse en aquel monstruo poseído por los celos.

—¡Maldita cualquiera, por qué no me lo habías dicho! ¿Qué otras cosas no quieres decir?, su saliva salpicó en mi cara. Entonces no me casé con una virgen, ahora iré a buscarlas para saber qué se siente.

Yo había querido hacerlo, decirle toda la verdad cuando nos conocimos, pero sólo pude contarle una versión incompleta y distorsionada por el miedo a lo que fuera a decirme o hacerme al saber la historia verdadera con mi hermano. Sólo mamá y yo sabíamos la versión original, la que me estaba matando. Sufría sola, llevaba años tratando de olvidarla, quitármela de encima sin lograrlo. Esa parte de mi vida era algo que pensé me ayudarían a superar las psicólogas.

Traté de explicarle la razón de haber escrito aquello, sin embargo, lo único que pareció tranquilizarlo por un momento fue pedirle ir juntos a la siguiente cita para que las psicólogas pudieran explicarle. Fueron dos días de suplicio, dos días llenos de insultos, amenazas e intentos de golpes.

Llegó el día, por fin. Entramos a la oficina donde me esperaban, pareció no sorprenderles que llegáramos juntos. Sentadas frente a nosotros les di el papel y expliqué lo que había pasado, esperando me ayudaran a resolver el malentendido. Sin embargo, las palabras de las dos profesionales sólo echaron más leña al fuego entre Francisco y yo.

Una de ellas agarró dos hojas de papel arrugando una y rompiendo la otra en mi cara.

—Aracely, tu vida es como este papel nuevo arrugado, no hay manera de que regrese a su normalidad, ¿lo ves? Con lo que te pasó en la infancia a tus once años, Francisco se siente decepcionado y jamás lo va a olvidar.

Sus palabras me aniquilaron. Ahí estábamos sentados los cuatro. Frente a él, mirándome, la psicóloga repitió esto en varias ocasiones, asegurándose que no quedaba la menor duda de que todo lo sucedido entre los dos me obligaba a asumir la responsabilidad, por haber sido violada y hablar a medias. Para ellas el sentir y reaccionar de Francisco era justificable.

Me sentí acorralada, con miles de dudas. Sólo necesitaba decírselo a alguien. Llevaba años cargando el dolor y odio tan grande hacia mi hermano. Todo lo confiado sobre mi vida en las anteriores sesiones se lo dijeron a Francisco.

La culpa cargada de aquel evento desafortunado con mi hermano volvió a penetrar en mí, pensé que ya no había forma de sentirse más abandonada pero ahora sí, mi soledad era absoluta.

No pude decir nada más, el cuerpo me empezó a temblar, mis lágrimas estaban calientes de humillación y vergüenza. ¿Habrán imaginado las consecuencias?

Este evento fue como estar en manos de médicos sin experiencia jugando con mi salud. Ellas me ayudaron a conocer el lugar más oscuro de mi mundo, el deseo de suicidarme. Me quedé en un callejón sin salida, ¿en qué otra cosa podía pensar? Pero no era el momento y no ha llegado hasta ahora, haga lo que haga la vida no me ha dejado ir, no la he podido arrancar de mí las veces que lo he intentado, a pesar de que todo tiene un principio y un fin.

Con la cabeza bloqueada me levanté y salí sin despedirme ni esperar a Francisco, caminé tropezando hacia la puerta del palacio municipal después de decirle a mi esposo, como si no fuera suficiente haberlo leído, que fui violada y no acosada por mi hermano.

Los sueños de tener algo mejor para mí se esfumaron como el aire ese día y todas las esperanzas que tuve cuando empecé a ir a terapia y superar esta parte de mi vida se perdieron en unos minutos.

Ya en la calle corrí por mi bicicleta para huir de la vergüenza y el miedo, manejándola sin detenerme, deseando ser atropellada por algún vehículo y acabar con todo de una vez.

Después de varias noches seguidas de constantes recriminaciones por no haberse casado con una mujer virgen y la amenaza verbal de ser violada por él como castigo, decidí intentarlo la primera vez. Estábamos en el patio discutiendo, entré llorando a la casa y cerré con llave, el frasco de veneno estaba junto al ropero esperándome. Llevaba días con los ojos sobre él. Francisco quiso entrar para continuar peleando, pero yo había cerrado la puerta. Comenzó a insultarme y golpeaba con fuerza los cristales gritando que le abriera. Aparragada en la esquina del cuarto, destapé la botella y a punto de beberla, salieron volando los cristales y con la mano cortada logró abrir la puerta. Me arrebató la botella de las manos y sin decir nada salió de nuevo.

¿Para qué me quería viva? fue lo único en lo que pude pensar.

Los malestares físicos pasaron de los terribles dolores de cabeza a los riñones. Fui con urgencia a Mérida al único hospital público de la ciudad al que tenía acceso careciendo de seguro social. Era el mismo lugar donde operaron a Francisco, de nuevo rebosaba de gente esperando por un turno, aguardando escuchar su nombre para ser atendidos, sentados en el piso dentro y fuera del hospital haciendo cola, acostados tomando un descanso o amortiguando el malestar de su enfermedad, desenvolviendo sus desayunos guardados en sus bolsas o comprando en cualquiera de los muchos puestos de comida en los alrededores del lugar.

Sentada en el piso, esperé horas hasta que por fin me atendieron. Sin mirarme una sola vez a los ojos, el médico general, después de preguntar la información de rutina, procedió a tomarme la presión y recetar algunos medicamentos; solicitó un par de estudios y me canalizó al departamento de Psicología. Ahí conocí a Sandra, que fue muy amable conmigo.

Acudí quincenalmente a platicar con ella y recibir orientación y ayuda frente al riesgo emocional y físico por el que estaba cruzando. Le hablé de mis intentos de suicidio, me canalizó al psiquiatra por el estado de depresión en el que me encontraba. De todas las conversaciones jamás le mencioné la verdadera historia con mi hermano, el conflicto con mi esposo y el maltrato físico recibido. Después del evento con las psicólogas era motivo suficiente para nunca más decirle a nadie la verdad.

Los medicamentos me dieron un poco de tranquilidad, mi mente estaba en otro espacio, volaba pensando en cosas diferentes a los problemas, sentía ser dos personas, podía salir del cuerpo de Aracely la que había sufrido, y ser la Aracely que puede reconocer la felicidad de la gente, la sonrisa de los niños, sentía paz. Los insultos y ofensas rebotaban en mi piel, nada entraba por ella, nada dolía. Pero una vez pasado el efecto venía la caída, Aracely la feliz se metía de golpe en el cuerpo de Aracely la que sufría y todo se hacía terrible. Las pastillas me daban mucho sueño; también deseaba no despertar. No fue mala idea, pues en una de aquellas caídas de ánimo me tomé seis pastillas. Desperté en el hospital con una sonda en la nariz.

—¿Qué hiciste Aracely?, —preguntó el médico.

No respondí. Me tenía sin cuidado el sermón del médico, lamentaba no haber muerto.

Todo siguió igual de oscuro. Al llegar a casa Francisco me quitó los medicamentos, pero tenía la receta, fui por otros y por un tiempo me mantuvieron tranquila. Dejé de tomarlos cuando no pude regresar con el psiquiatra, no tenía dinero para el boleto del camión.

Confesiones

Francisco me obligó en varias ocasiones a fumar mariguana con él, bajo amenaza de lastimarme o decirle a mamá que no cumplía con mis deberes de esposa.

Si me negaba insistía con el alcohol, al que fui accediendo poco a poco y de esa forma también empecé a sentir que estar bajo sus efectos me ayudaba a alejarme del dolor emocional y físico al que estaba sometida. Era la mejor manera de perder conciencia del tiempo y de las cosas, así Francisco aprovechaba hacer lo que quisiera de mí, era su intención.

El alcohol se convirtió en la nueva forma de huir, era diario, todos los malestares físicos y emocionales se iban. Empezábamos desde el mediodía, por la tarde ya ebrios comenzaban las disputas, pero también así podía reír y disfrutar mi vida y hacer todo lo demás. Prefería estar todo el tiempo ebria, las horas de sobriedad eran el infierno, la realidad se restregaba en mi cara.

Entumecida por la cerveza podía tener relaciones con Francisco, así no sentía ni por fuera ni por dentro, porque en mis cinco sentidos me lastimaba, me hacía daño, sólo me recordaba cosas, pensaba: *si no siento lo que me hace mal, me siento bien.*

Un poco antes de la llegada de mi hija, bajo el efecto del alcohol y la mariguana, aun cuerdos y con la sensación de que todo parece no importar, pudimos hablar tranquilos unos minutos.

Ese día supe la razón de nuestro matrimonio civil apresurado y la tanta rabia aplicada día con día sin la menor compasión.

—¿Por qué me tratas tan mal? Yo sólo quiero que me quieras y nos tratemos bien, no entiendo por qué me odias tanto. Cada vez que me tocas lo haces tan brusco, me lastimas.

—La verdad es que me casé contigo por venganza. El licenciado me dijo unos días antes de casarnos que eras su mujer, que te acostaste con él y quedaste embarazada, pero abortaste. Sé que es tu amante, así le pagas todo el dinero que sigue dando a tu familia, es entonces el jefe de tu casa, ¡le deben mucho dinero!, dice que gracias a él salieron adelante y por eso tienen un techo donde estar. Me llené de tanta rabia que por eso decidí casarme, sólo por venganza. No pensé enamorarme de ti y lo que hago para celarte es tan solo porque ahora te quiero.

Francisco pareció entrar a un estado de paz, supongo por haber confesado después de cargar esa mentira durante seis meses. No le dije nada, seguimos bebiendo en calma hasta que empezó a insinuar de nuevo tener relaciones. Una vez más me negué, empezaron los forcejeos y acabamos de nuevo en golpes y otra violación.

Por meses esa forma de vida se volvió rutina, despertar por la mañana con terribles crudas físicas y morales me asfixiaba. Quería dejar de beber, pero al medio día la necesidad física y mi estado emocional se hacían más grandes que mi deseo de evitarlo.

Llegó mi hija. Lucy era un buen motivo para dejar de beber, pero no fue así en un inicio. Las cosas iban de mal en peor, yo vivía en el intento de dejar el alcohol, con la niña en brazos muchas veces perdí la conciencia.

La última vez que bebí me dije que no quería ver a mi hija crecer con una madre ebria. Francisco llegó al día siguiente con las cervezas de rutina, sentada con Lucy en brazos me destapó la botella.

—No quiero, no voy a tomar más, le dije tranquila y valientemente. Él no insistió, quizá porque tenía conmigo a mi hija, se sentó frente a nosotras a beber solo; no pasó mucho rato para empezar a insinuar que quería tener relaciones.

—¡Ya te dije que no!, —le grité.

Furioso, me arrebató a la niña de los brazos y se la llevó al cuarto encerrándose con llave. En mi desesperación por temor de no saber que le pudiera hacer, fui yo esta vez quien rompió los cristales de la puerta con la mano y entre forcejeos y gritos logré recuperar a mi hija. Los vecinos se acercaron a preguntar si podían ayudarme, Francisco se sintió intimidado y sólo así pude salir de mi casa con la niña en brazos.

"¿A dónde voy?", pensé mientras caminaba apresurada. El único lugar posible al que podía ir era a casa de mi madre, deseaba llegar y me dijera algo, que me ordenara dejarlo, sacarlo, que me ofreciera permanecer en su casa.

—¿Y ahora qué vas a hacer con tu vida? Ya te largaste, ¿cómo le vas a hacer para comer y vivir ahora con una hija? ¿Dónde vas a vivir? Aquí no cabemos.

Cada una de sus preguntas me fue desmoronando. Estaba sola. La huida fue en vano. De nuevo estaba entre cuatro paredes.

Era tarde, no tenía otro lugar a dónde ir, sabía que regresar a mi casa con Francisco era la única opción. Me dolía el pecho de frustración y del miedo de tener que volver, me negaba a llamarle para que fuera por nosotras, pero finalmente lo hice. Sabía que hacerlo era darle más armas, era confirmarle que me tenía en sus manos. Lo primero que hizo cuando llegó por nosotras fue reclamar y burlarse de mí.

Era de esperarse que después de esto las cosas se volvieran aún más agresivas, ante mi negativa a tener relaciones, comenzó a violarme todas las noches. Mi deseo de desaparecer era insoportable. Me intenté suicidar por tercera vez cortándome las muñecas y tampoco funcionó.

En el límite de mi desesperación decidí intentar meterlo a la cárcel, sin la posibilidad de comprar a las autoridades, esta vez lo denunciaría por violación, él tenía antecedentes.

Fui a poner la demanda, como siempre había que esperar días para que pudiera proceder, sin embargo, me preparé para cuando surgiera una nueva disputa. Le dije a Matías que Francisco estaba muy raro y temía por mi vida y la de mi hija, él me sugirió tener un mensaje listo en el celular para cuando intentara lastimarnos.

Así fue ese día, cuando llegó a casa me quiso obligar a cenar, ante mi negativa, con insultos comenzó a patear y darme golpes en la espalda y brazos. No respondí al principio, como siempre para tratar de no empeorar las cosas; sin embargo, esta vez no se dio por satisfecho y continuó con golpes en la espalda mientras acostaba a Lucy en la hamaca. La furia crecía por dentro, me enderecé y respondí con golpes y mordidas, entre el forcejeo salimos al patio, él agarró una piedra para estrellármela en la cabeza y yo el cuchillo que estaba en la mesa. Fue terrible, al menos yo estaba decidida a matarlo, dejé de pensar por completo en todo, lo único que quería era acabar con él. Lucy comenzó a llorar por los gritos y eso me hizo reaccionar. Solté el cuchillo y entré a la casa a calmar a mi hija, agarré mi teléfono pensando si mandaba el mensaje o no a Matías. Francisco se quedó afuera, un rato después se acercó pidiendo que nos hincáramos a orar para que Dios se encargara de resolver nuestros problemas. Cuando lo vi acercarse, sin pensarlo más mandé el mensaje a Matías y en un rato llegó con la policía a mi casa. Francisco no se resistió, dejó que lo esposaran y subió a la patrulla.

Había un silencio absoluto en casa, era domingo. Los vecinos regresaron a sus hogares al igual que mi hermano unos minutos después de ver que desapareciera la patrulla de nuestra vista.

Me encerré con Lucy, estaba aterrada, temía que lo dejaran salir en cualquier momento y volviera furioso, esta vez sí decidido a matarme, todo se resolvía comprando a la autoridad con tan poco dinero. Eran sus conocidos del antiguo trabajo de policía. Fueron unos minutos en los que tuve que tomar la decisión más valiente de mi vida, era el momento de huir, desaparecer y alejarme de todos, esconderme de Francisco y su familia, alejarme de mi madre, largarme quizá para siempre de todo mi pasado que estaba ahí, en ese pueblo con toda esa gente.

Los minutos corrían, me temblaba el cuerpo completo mientras lloraba recogiendo papeles y desenterrando los mil pesos que escondí en el patio bajo unas piedras meses atrás. Le llamé a Sandra, la psicóloga del hospital de Mérida, para decirle que iba para allá; ella en varias ocasiones ofreció la posibilidad de llevarme a un refugio de mujeres por tres meses donde me darían apoyo.

Página en blanco

En el refugio estuve un poco menos de tres meses. Al día siguiente de mi llegada tendría una entrevista con todo el equipo de trabajo, sentí una leve angustia cuando la coordinadora me informó sobre ello.

Entré con mi silencio tenso e incómodo, desconfiado. Tenía un nudo en la garganta, con la cabeza gacha, mirando al piso, nunca a los ojos.

¿Qué hago aquí? Pensé al acordarme del evento con las psicólogas. Con ellas aprendí que la ayuda y la buena voluntad pueden causar mucho daño, a pesar de las mejores intenciones.

La coordinadora presentó a cada una de las integrantes del equipo de trabajo. Realmente me costaba sostener la mirada de frente, apenas podía levantar la cara por momentos, para mirar de reojo a cada una de las mujeres del equipo cuando decían su nombre; yo respondía a cada una con un movimiento casi imperceptible de cabeza, hubiera querido que alguien ahí me representara y hablara por mí.

Durante la conversación respondí de forma breve, lo que ellas decían sonaba falso.

Nunca estamos preparados para lo que viene. Tres meses de estancia eran nada, pensé que se irían volando, vacíos e inútiles al recordar lo que cargaba por dentro, el dolor de toda una vida. ¿Cómo saber cuánto tiempo se necesita para sanar veinticinco años de sufrimiento? Todo era turbio, sin pies ni cabeza. Estaba destrozada.

Las opciones del divorcio y regresar al pueblo a casa de mamá como parte de la solución a mi problema las sentí como un nuevo golpe en la cara. Ni una ni otra eran cosas viables para mí en ese momento. La poca esperanza en mi búsqueda de tranquilidad se tambaleó. Decir no, no es opción para alguien que ha vivido sometido; en las condiciones en que me encontraba me era imposible tomar una sola decisión. Tres meses podían ser mucho y a la vez tan poco tiempo. Lo último que deseaba pensar en ese momento era en tener que irme cuando apenas estaba llegando; yo sólo quería sentirme cobijada hasta que mis heridas estuvieran estables o sanas para poder responderles, pero no había manera de saber cuándo estaría lista. Tuve que aceptar que mi futuro lo planearan a partir del divorcio y del regreso a mi pueblo.

Con el paso de los días, todas las cosas que sucedieron dentro del refugio —platicar con el equipo de profesionales, con las otras mujeres, convivir con tanta gente en un mismo lugar— me llenaron de infinidad de nuevas experiencias, gozo y dolor, miedos nuevos y tranquilidad también. Jamás soñé con la existencia de un lugar donde se me ofrecieran tantas cosas. Desde ese instante comenzó otra historia en el recorrido de mi vida, una nueva página en blanco con una historia muy distinta a la anterior.

Después de salir del refugio pude entender muchas cosas que ahí acontecían y por mi estado de ánimo era casi imposible verlas de una forma distinta. Muchas veces el cuidado que se nos proporcionaba en el lugar me parecía extremo, una vigilancia asfixiante, quizá era toda mi experiencia previa. Cualquier cosa que se saliera de lo que consideraban normal de inmediato era tratada por el equipo. La falta de apetito, mi ánimo aparentemente aplastado con el que llegué y el desgano para atender las demandas de Lucy fueron motivo de reprimendas, algunas merecidas y otras injustas, que sentí como amenazas. La misma pregunta de siempre estaba en mi cabeza: ¿Por qué tienen que juzgar antes de escucharme?

La estancia en el refugio no fue nada fácil, mucho menos al principio. Entrar ahí fue como dar la vuelta en la esquina y llegar a un mundo diferente. Mujeres con un problema común pero totalmente distintas, de otros lugares, con creencias lejanas a las mías, a las de casa, a las de mi pueblo. Llegué a un lugar donde pude escuchar experiencias ajenas y puntos de vista distintos hasta entre las mujeres del mismo equipo. Por algunas personas me sentí entendida, escuchada, por otras no. A veces creo que debí hablar más para ser comprendida, pero hasta hoy no es fácil. Hubiera deseado que me preguntaran más, aunque tampoco sé si hubiera podido responder.

Comía nada, dormía poco, lloraba mucho, mis ojeras se hacían más pronunciadas y los ojos hinchados delataban mi llanto de toda la noche. Lucy era como una sombra. Si no podía hacerme cargo de mí con todo lo que cargaba, no había manera de sentirme con el ánimo de hacerme cargo de ella. Tener que comer como los demás a la misma hora y la cantidad que me ofrecían me complicaba la existencia. Mi estómago estaba acostumbrado a estar satisfecho con poco, nadie ahí imaginaba que en casa una barra de pan era dividida en cinco partes y un huevo en dos.

El día de la primera sesión de terapia de grupo llegué sin ganas de nada, no me importaba. Las otras mujeres platicaban entre ellas y con la psicóloga de grupo tenían confianza. Yo no podía hacer lo mismo, no la conocía. En esa sesión platicaban con facilidad sobre sus experiencias, traumas y problemas frente a las demás, sin reparo.

Mi voz repetía por dentro mientras observaba lo que hacían: *Todas las psicólogas son unas farsantes, sólo trabajan por el dinero y no lo hacen porque realmente quieran ayudar.*

Desafortunadamente llegó mi turno, no me salían las palabras, me negué a hablar a pesar de la insistencia sobre tener que compartir experiencias.

Cada conversación con la psicóloga individual y con el grupo estaba llena de preguntas que se metían a mi cabeza y como hielo derretían muchas de las explicaciones que me daba yo misma sobre los acontecimientos de mi vida. Empecé a eliminar nudos, abriendo caminos a mis sentimientos, dando el primer avance para una descarga emocional. No sabía en realidad cuáles eran sus intenciones conmigo, pero con el paso de los días comprendí que su único deseo era ayudarme a darle sentido a mi vida.

Comencé a escribir de nuevo. Decidí hacer una lista de todos los pensamientos negativos que cargaba con el propósito de encontrar algo bueno que me permitiera seguir avanzando y ponerlo también en la libreta. Pude escribir muchas cosas, comencé con los deseos para cuando saliera de mi estancia en el refugio; descargué mi rabia con palabras dedicadas a Francisco como si estuviera frente a mí y pudiera yo gritarle en la cara que estaba muy equivocado si creía haberme arruinado la vida. En el frente de la última hoja puse con letras grandes *Aracely está muerta* junto al dibujo de una calavera; en la parte de atrás escribí *Ya no soy Aracely, soy otra, me llamo María.* Pude sentir que el aire entraba con más facilidad a mis pulmones, me sentía inspirada escribiendo, llena de emoción.

Aprendí a pensar en el temor ya no como un impedimento para cualquier cosa o decisión tomada, ahora podía utilizarlo como una precaución.

Era angustiante pensar en la fecha de salida, regresar a mi pueblo esperando el peor recibimiento por parte de mamá. Casi tres meses sin saber nada de ellos, ni ellos de Lucy y de mí, a pesar de haber viajado una vez con la abogada y la trabajadora social del refugio para poder recoger una despensa que recibía como ayuda económica por mi hija. Mi familia se enteró tiempo después por algún chisme de que estuve ahí con dos personas.

La situación legal no pasó de una denuncia, tampoco se tramitó el divorcio. Me daba pavor llegar a casa y encontrarme con Francisco. Era un tema recurrente en las pláticas con las psicólogas, tratábamos de pensar en alternativas para quedarme un tiempo en Mérida, buscar un trabajo, un lugar para vivir, ahorrar unos pesos. El día de mi salida del refugio me iría tal y como llegué, con las mismas cosas. No tenía un centavo. Finalmente, pude quedarme casi los tres meses. Salí antes, me pudieron conseguir un empleo en el que sólo duré un par de semanas. Regresé a Texkal después de más de tres meses.

María

La camioneta enorme se estacionó frente a casa de mamá. Ahí estaban mis hermanos, la esposa de Juan, sus hijos, la vecina. Todos sorprendidos al verme bajar del coche de la persona con la que trabajé y ofreció llevarme a casa. La alegría del recibimiento duró unos minutos hasta antes de los comentarios ofensivos sobre la persona que me llevó, una serie de historias distorsionadas de mi forma de hablar, de la seguridad que reflejaba, del color de mi pelo pintado, la alegría y la sonrisa que reflejaba.

—¿Y ahora que te pasó? Te ves rara, pórtate como antes, con dignidad. ¿Qué dirá la gente comportándote así?, —dijo mamá.

Insulté en voz baja, pero preferí no decir nada más. Fui a comprar unos refrescos para todos, aún después de sus comentarios la sensación de seguridad que sentía estaba intacta. Nada había cambiado en casa y en el pueblo, pero yo no era la misma.

—Francisco ha venido casi todos los días a preguntar por ustedes, ¡deberías darle una oportunidad! Se le ve arrepentido.

—Mamá, nada me interesa de lo que diga Francisco, claro que soy distinta, mucho. Ustedes siguen creyendo que están en su derecho a golpearme, yo he dejado de creer que tenían el derecho de hacerlo esperando cabizbaja a que hagan de las suyas. Eso se acabó, ya no más. No soy la misma de antes, la Aracely de hace unos meses está muerta.

—¡Estás loca! ¿Qué carajos te pasa, quién te metió esas ideas en la cabeza? Ya se te pasará, —sonrió burlona y asustada.

—Para mí que te largaste con otro hombre, —dijo Matías.

—Cree lo que quieras, estuve en un refugio. Tuve la ayuda de las psicólogas y de todas las mujeres que ahí trabajan, aprendí a valorarme. Me consiguieron trabajo los fines de semana y así pude juntar un poco de dinero.

—¿Quién da trabajo los fines de semana? Se trabaja de lunes a sábado. Ese dinero y tu pelo pintado es por pararte en la esquina a trabajar, —se burló la esposa de Juan.

Por la noche, acostada en la hamaca a punto de dormir, escuché la voz de Francisco y la de mamá diciéndole que pase hasta donde yo estaba con mi hija. No sentí miedo, sólo rabia.

Le miré con desgano.

—¿Cómo estás? ¿Estás bien? ¿Y Lucy?

—Estamos bien, —respondí dándome la media vuelta.

Mamá observaba la escena, Lucy me abrazó sin dejar de verlo negándose a que la abrace Francisco. Mamá se la llevó sin resistencia para que pudiéramos hablar.

—Vamos a regresar, te prometo que esta vez va a ser distinto, sólo dime por qué me demandaste, lo que hice fue un arranque de enojo, no fue en serio. ¡Pregúntale a tu mamá! Si quieres firmo un papel comprometiéndome a no hacerte nada.

Me mantuve en silencio escuchando incrédula mientras negaba con la cabeza.

—Costó quince mil pesos todo lo que me hiciste. Si lo que hice es malo, meterme a la cárcel fue peor. ¿Sólo porque dije que te iba a violar? ¡Si soy tu esposo!

—Yo ya no soy la misma persona, no voy a permitir que nadie, nunca más, escucha, ¡nunca más!, vuelva a arruinarme la vida. Lo que hicieron papá y tú se acabó. Me lastimaron mucho, estoy llena de heridas en el cuerpo y el alma, con quince mil pesos eso no se cura. La próxima vez que alguien venga a insultarme ten por seguro que sus dientes van a parar lejos.

Era obvia la sorpresa en su cara al escucharme, la seguridad de mis palabras, mi mirada y tono de voz; se hizo para atrás.

—Se me hace que estás drogada o borracha, —dijo burlándose.

—¿Y ese cambio es el que dices tener? No, no necesito estarlo para defenderme. Antes era una pendeja, ya no, ¡lárgate!, no necesito nada, puedo arreglármelas sola.

Su semblante empezó a cambiar en la desesperación de no convencerme con nada, mucho menos obligarme. La voz cambió de tono, estaba enojado.

—Por tu culpa casi me mandan al penal, sólo porque Edith vendió todo y pagó no lo hicieron, —gritó.

En ese momento supe que había vendido nuestra casa y las pocas cosas que poseíamos para pagar la fianza.

—Si no me hubieras demandado estaríamos disfrutando de esos quince mil pesos. No te compadeciste ni por mi cicatriz; me torturaron para decirles la verdad, me metieron la cabeza en agua fría, querían saber todo lo que te hice y dije.

Nada me conmovió. No le respondí, se fue furioso.

Por la mañana estaba de vuelta repitiendo lo mismo. Mamá empezó a decir cosas:

—Dale una oportunidad. No vas a poder hacer nada sola con una hija y sin un lugar dónde vivir, sin trabajo.

—Prefiero dormir en la calle y comer tortillas con sal que mendigar un plato de carne y limosnear un poco de cariño, —le respondí molesta.

Francisco regresó todos los días a insistir. Se portaba amable, pero podía ver el odio contenido en sus ojos y las mandíbulas apretadas mientras hablaba. Las insinuaciones de mamá de ser muchos en su casa me presionaban; la misma cantaleta estuvo los tres meses que permanecí ahí, la alternativa más viable era aceptar a Francisco. Esta vez sería diferente, no por él sino por mí.

Su familia nos prestó un jacal para vivir. Fueron suficientes un par de días para empezar con reproches, insistir en que beba cerveza, tener sexo, cuestionarme todo, dónde estuve, quiénes eran las mujeres que me acompañaron al pueblo cuando fui a solicitar despensa sin que nadie de mi familia se enterara.

—¿Son tus amantes, eres lesbiana?

No pude soportarlo ni un mes y me salí de ahí, aquel miedo a la incertidumbre de ir a buscar las cosas sola se quedó en el refugio. Pensé que en ciudad Morelos la familia de mamá podría ofrecerme trabajo, sin pensarlo mucho, con los centavos ahorrados del dinero que me dio Francisco durante los meses que estuvimos juntos, compré el boleto del camión. Me fui de nuevo sin decir nada a nadie. Estuve ahí algunas semanas en la lonchería de una tía hasta que se apareció Francisco para suplicar que regresemos. Volví a recoger mis cosas, esta vez me fui a Mérida.

Contacté a mis amigas del refugio y ellas me ayudaron a conseguir trabajo, una de ellas me ofreció un espacio en su casa mientras encontraba dónde vivir.

Lucy cayó enferma y no tenía un centavo para el doctor. De nuevo estaba acorralada, así que le platiqué la situación a una de las empleadas del bar donde estaba trabajando como intendente, ella comenzó a convencerme de *andar* con uno de los clientes, precisamente el que me llamaba con cualquier pretexto para recoger o llevar cosas a su mesa. Me negué, sin embargo, el señor en una ocasión se acercó a mí fuera del bar para ofrecerse a llevar a mi hija que estaba muy mal a un hospital privado. Estaba desesperada, así que acepté. La atendieron y pagó todos los gastos, medicamentos, cuando no me veía en el bar enviaba dinero y despensa con la empleada, además de comida, frutas y cosas que necesitaba Lucy para recuperarse.

Así estuvimos más de un mes, mi hija se recuperaba y recaía de nuevo, yo lloraba desesperada sin saber qué más hacer. La ayuda de aquel señor comenzaba a repugnarme, trataba de disfrazar sus intenciones insistiendo que ese lugar no era adecuado para que mi hija y yo estuviéramos. Ante mi negativa empezó el chantaje, era de suponer que la aparente buena voluntad, la supuesta ayuda incondicional con la que se acercaba, no era gratis. La empleada insistía en su idea original con el cliente, quien no perdía oportunidad para acercarse a decir que podría ayudarme con mi hija siempre y cuando accediera a acostarme con él. Yo dudaba si debía hacerlo o no, y quizá esa inseguridad era algo de lo que se aprovechaba para presionarme. Poco a poco dejó de enviarme dinero y ayuda, afortunadamente coincidió con la recuperación de Lucy.

Unos días después de que mi hija se pudo reintegrar a la escuela, recibí una llamada de Francisco, quien se ofreció a mandar dinero de nuevo. Me dio tanta rabia escucharle después de la angustia pasada con la enfermedad de Lucy, estar semanas desesperada por no tener un centavo para pagar su tratamiento y tener que pasar los momentos desagradables esquivando al cliente del bar y sus desagradables intenciones. Finalmente acepté, lo necesitaba.

DESPEDIDAS

Con quien siempre mantuve contacto fue con Matías, a pesar de ser cómplice muchas veces de los actos de mi familia. Me llamó por teléfono para avisarme del abuelo, se encontraba muy mal. Llegué a Kankal esa misma tarde. Abuelo convalecía en la casa de mi infancia. Aquel hombre fuerte y amoroso, estaba reducido a un costal de huesos vestidos con ropa vieja y sucia, acostado en una hamaca rota. El olor a húmedo minaba el cuarto. Pedí permiso a mis tíos para arreglar el lugar y lavarle la ropa, a lo que se negaron. Yo era responsable si por moverlo de la hamaca le pasaba algo. Tuve que dejarlo así. En esa visita mi abuelo aún podía hablar y dar consejos, esa fue nuestra última plática y convivencia.

Abuelo me compartió su deseo de que papá hubiera sido otra persona, que nos diera cariño y protección, pero desafortunadamente no pudo hacer nada más.

—No sé por qué se volvió rebelde. Hice mi parte, les entregué cariño, eso les hizo falta, no el dinero, estoy tranquilo porque ustedes ya están grandes.

En esa ocasión supe que papá creció con su abuelo paterno, quien fue cruel con él, muy probablemente esa sea la razón de haber sido la persona que fue con nosotros, su familia.

Tres días después, Matías me avisó para decirme que había perdido la memoria. Viajé de nuevo a Kankal, la primera persona que vi al llegar fue a mi padre, sentado sin la menor vergüenza de nada, pasivo, fumando su cigarro. Me detuve de golpe al sentir el estómago revuelto, pasé rápido de largo, evitando cruzar la vista con la suya.

Sentí mucha tristeza de ver al abuelo moviendo las piernas y brazos como un animalito que ha caído boca arriba y quiere voltearse. Indefenso, estaba perdido en su memoria. Mis abuelos fueron las únicas dos personas que se preocuparon por mí, ambos fallecieron durante el tiempo que estuve en Mérida. Afortunadamente, tuve oportunidad de agradecerle al abuelo el haberme dado el cariño que no recibí en casa con papá y mamá, no pude asistir a su entierro, pero me sentí tranquila. Cuando recibí la noticia estaba viajando a Cancún en uno de los varios intentos por reconciliarme con Francisco.

En ese viaje me negué a quedarme con él, aunque intentó convencerme de darme dinero semanalmente. Aun así, comenzó a enviarlo, cumplió sin fallar con novecientos pesos a la semana, a los que yo ponía cien de mi sueldo; abrí una cuenta de ahorros y logré juntar veinticinco mil pesos. Hice los trámites para comprar un terreno, él no supo nada hasta que viajé al pueblo a buscar testigos para las escrituras; supongo que Matías fue quien le informó. El tiempo que le tomó pedir permiso en su trabajo y viajar de Cancún al pueblo fue suficiente para terminar con el trámite y él no se metiera. Todo estaba a mi nombre.

Trató de estar tranquilo con tal de reconciliarnos, hacía planes para ambos, pero ante mi indiferencia le era imposible no reflejar en su rostro cómo aguantaba la rabia.

—Esta vez va a ser diferente en nuestra nueva casa, —escuché sin decir nada.

Para mí era momento de empezar a construirla, ya tenía el terreno. Deseaba un hogar para Lucy y para mí.

Supongo que, en su afán de lograr convencerme, no se atrevió a reprochar no haber sido incluido en las escrituras, es más, continuó enviando dinero para poder hacer la casa. Regresé a Mérida a mi trabajo y en unos meses logré juntar otros veinte mil pesos para empezar a construir un cuarto. Una tarde viajé a ver cómo iba la obra, aún no tenía puertas ni ventanas. Al entrar me asustó verlo ahí, acostado en su hamaca.

—¿Qué haces aquí?, —le dije.

—Vine a cuidar la casa y a ver si falta algo.

No era momento de discutir, me urgía terminarla.

Decidí dejar el bar después de recibir la oferta de la maestra de Lucy para trabajar en su casa limpiando; ella me dio un lugar para estar, así transcurrieron seis meses más.

Abuela falleció después de perder un pie por la diabetes, luego de haberse cortado mal una uña. La última vez que la vi, pude decirle que estaba agradecida por alimentar con mi pozole a sus gallinas, por recibirme en las mañanas con un saludo con la mano y despedirme con otro, al llegar e irme de la escuela. Por haberme dado con amor de comer.

Renuncié a mi trabajo en Mérida para vivir ya en mi propia casa, después de tratar de reconciliarme con Francisco una vez más. Me dediqué a vender hamacas para tener unos centavos, además del dinero que él me daba; abrí de nuevo una cuenta y ahorré el dinero para comprarme una moto. La tranquilidad nos duraba muy poco, hasta que él empezaba con sus celos.

Desde mi salida del refugio las veces que regresamos, cualquier cosa era motivo de discusión, pero era diferente, ya podía defenderme con mis propios argumentos. No me intimidaba pensar en que se acercaría a golpearme o imaginar su cara de furia. Tanto odio, mezclado con la seguridad que descubrí en mí, me hacía levantarme de un brinco sin el menor temor a la diferencia entre nuestras fuerzas físicas. Lo único que me angustiaba era que se repitieran esos eventos en los que se fugaba por completo mi tranquilidad y esperanza de estar en paz.

Le enfurecía que viajara a Mérida a visitar a mis amigas del refugio, a quienes responsabilizaba de haberme *lavado el cerebro* para dejarlo, explotaba gritando que éramos lesbianas y por eso no quería tener sexo con él. Ya no me importaba lo que dijera y el odio ante mi desobediencia empezó a acumularse de nuevo, al grado de romper dos veces el teléfono celular cuando no le dejaba revisarlo.

Por momentos sentía que el remolino de amargura de mi pasado intentaba jalarme a como diera lugar, mi ánimo trastabillaba, nuevas ideas suicidas revoloteaban en mi cabeza.

Las cosas por momentos se calmaban entre nosotros. A pesar de que estábamos mejor por ratos, tejí una red de seguridad como aprendí en el refugio. Dejaba ropa en casa de mamá, así como todos los papeles personales y de la casa. Del dinero que me daba lo metí a una cuenta de ahorro a nombre de una conocida de mucha confianza por si me sucedía algo, hice lazos de amistad con las vecinas a quienes pedí que si en algún momento escuchaban gritos me ayudaran avisando a la policía o a mi familia. Cada vez que Francisco decía quererme se me revolvía el estómago y mi voz por dentro repetía cuánto lo odiaba; si decía ¡vamos a ser felices!, yo me decía lo contrario. Ya no podía creerle más nada.

Estaba harta de este subir y bajar que no me daba estabilidad y mucho menos a mi hija, quien a sus siete años dejó de llorar por su papá y pedía que lo deje. Lucy comenzaba a darse cuenta de las cosas. Así fue como en la última discusión, ella salió a la calle gritando por ayuda mientras su padre me caía a golpes y patadas vociferando que no le importaba que fuera la policía por él. Como pude, alcancé a levantarme y salir a la calle, esta vez mi mente no se perdió, agarré las llaves, mi cartera y la suya; había hecho el hábito de dejar siempre todo a la vista para poder agarrarlo en cualquier emergencia. Salió corriendo tras de mí preguntando con insultos por sus cosas. Los vecinos al verlo casi sobre mí para golpearme de nuevo se lanzaron sobre él derrumbándolo en el piso, le doblaron el brazo y así lograron someterlo mientras llegaba la patrulla. Las vecinas se llevaron a Lucy. De nuevo estaba preso.

Como era costumbre, salió al día siguiente, supe que regresó a casa nuevamente a pedir perdón, pero ya no estábamos ahí. Había recogido algunas cosas para refugiarme con mi hija en el templo al que asistíamos, ellos me apoyaron y fueron quienes hablaron con Francisco para obligarlo a salirse de casa.

-.-.-

Llevo más de ocho meses junto a mi hija en paz, solas en nuestra casa y tomando nuestras propias decisiones. La vida pinta un poco más tranquila.

Me tocó recorrer un largo camino, uno de casi veinticinco años, toda una vida para encontrar algunas personas que me ayudaran a tener de nuevo fe. Una de ellas es mi hija. Ahora estamos juntas haciéndonos compañía mutua. Sola, con independencia y lo que ello conlleva.

Alguna vez escuché que como me presento es como me tratan, hoy soy una perra rabiosa cuando se trata de mí y de mi hija.

Cuando era una niña, junto a mi padre, para mí era imposible imaginar alguna alternativa. Huir me daba más miedo del que podía estar viviendo. Simplemente mi experiencia de vida, sumado a lo que metieron en mi cabeza, fue tan fuerte que no había manera de saber que existía otro mundo fuera de mi casa, justo en la puerta. Tuve que salir para saberlo.

Glosario

Huano. Palmera relativamente baja que crece en la Península de Yucatán y alcanza normalmente de 3 a 7 m de altura, inerme, con hojas en forma de abanico, empleada para construir los techos de las casas típicas del lugar.

Buut'. Embutido de carne que se hace con la tripa o a veces con el estómago del animal.

k'abax. Frijol en grano cocido y con caldo.

Puújuy. Pájaro vespertino y nocturno, endémico en la Península de Yucatán, cuya manía es interrogar insistentemente a los caminantes del Mayab.

Xooch. Ave nocturna de mal agüero entre los mayas.

Chak Nook. Diablo.

Ja'abin. Nombre de una planta leguminosa muy fuerte.

Subin-che'. Arbusto de espinas muy largas que se parecen a los cuernos del ganado vacuno, da frutos en vainas.

Waaji kool. Ceremonia de la primicia de la milpa.

Chok'ob. Sopa especialmente hecha para las ceremonias agrícolas.

Cháak. Dios de la lluvia.

K'ankab. Tierra sin piedras y arcillosa de color rojo o café rojizo.

Sacbé. La palabra sacbé se deriva de dos vocablos mayas, *sac* que quiere decir blanco, y *bé*: camino. Estos caminos blancos fueron construidos básicamente con piedra caliza y recubiertas de una gruesa capa de estuco blanco.

Sascab. Roca caliza.

Sabucán. Bolsa de fibra de henequén.

Penkuches. Tortilla gruesa y grande de maíz torteada entre las dos manos.

Ya'ach. Amasar o aplastar.

Xiix. Restos.

Malixes. Nombre que se da a los perros o personas sin linaje.

Jaltún. Sarteneja.

Chóoch. Planta sapotácea, comestible.

NOTA

Ante tanta injusticia, ha sido tentador mencionar nombres de todos y cada uno de quienes abusaron de Aracely, de su condición de infante, de adolescente y de adulto marcado por los infames discursos discriminatorios en los que vivimos sumergidos. Durante todo el proceso, desde que inicié mis primeras conversaciones con ella, hasta hoy cuando releo una y otra vez la historia, un sentimiento de rabia corre por mi cuerpo por no mencionar a dichas personas.

Debería, pero la duda de remover el fango del que Aracely ha podido sacar casi todo el cuerpo, me lo impide. Además, ¿se haría justicia?

Mérida Yucatán, México, febrero de 2015

Acerca de la autora

Alicia Ayora Talavera

E-mail: aatalavera69@gmail.com

De padres yucatecos, nacida en la Ciudad de México, radica en Mérida desde 1981. Estudió la licenciatura en Administración de Empresas Turísticas en el Instituto Tecnológico de Mérida. Cuenta con una certificación en Desarrollo del Cerebro Humano obtenida en Filadelfia Estados Unidos y dos maestrías, una en Psicoterapia y la otra en Psicoterapia enfocada a las Adicciones en Mérida Yucatán. Es madre de dos hijos, el menor con lesión cerebral y por quien obtuvo la certificación y las maestrías, también por quien retomó la escritura que dejó por varios años. Es ferviente lectora de literatura de siempre, y de filosofía a raíz de las maestrías. En 2014 participó en la convocatoria de los Premios DEMAC, Documentación y Estudios de Mujeres A.C con la Autobiografía *Somos uno*, obteniendo el primer lugar entre 435 participantes. La novela se presentó en 2015 en la Feria Internacional del Libro del Palacio de Minería y en 2017 en la Feria Internacional de la Lectura Yucatán. En la revista digital *Ciudad Ocio* ha colaborado con algunas reseñas. Desde 2008 labora en APIS Sureste Fundación para la Equidad A.C. Desde hace tres años imparte el Taller de Escritura Terapéutica. Fue psicoterapeuta por más de nueve años en la Universidad Tecnológica Metropolitana. Actualmente se dedica a la consulta privada.

Índice

Editorial LibrosEnRed

LibrosEnRed es la Editorial Digital más completa en idioma español. Desde junio de 2000 trabajamos en la edición y venta de libros digitales e impresos bajo demanda.

Nuestra misión es facilitar a todos los autores la edición de sus obras y ofrecer a los lectores acceso rápido y económico a libros de todo tipo.

Editamos novelas, cuentos, poesías, tesis, investigaciones, manuales, monografías y toda variedad de contenidos. Brindamos la posibilidad de comercializar las obras desde Internet para millones de potenciales lectores. De este modo, intentamos fortalecer la difusión de los autores que escriben en español.

Ingrese a www.librosenred.com y conozca nuestro catálogo, compuesto por cientos de títulos clásicos y de autores contemporáneos.